鏡神傳說1

吸血鬼教主

鏡神傳説 1

吸血鬼教主

目　錄

人物設計——鏡神12成員檔案

代　　號：**教主**
暱　　稱：AL
年　　齡：外表 28 歲，實際不詳（估計已逾 100 歲）
種　　族：血族（吸血鬼）
職　　責：團隊發起人，擔任事前行動，負責潛入偵測及將目標物品帶離現場
本　　職：醫學院研究員
目　　標：尋找讓族人變回普通人類的方法
特　　徵：蒼白的皮膚，除了血外更愛吃飯
已知能力：控制血液、霧化、化身蝙蝠、血杖、血劍

代　　號：**隊長**
暱　　稱：承東
年　　齡：33 歲
種　　族：未知
職　　責：隊長，率領眾人，擔任後援，負責資料搜集及事前部署
本　　職：IT 人 / 黑客
目　　標：未知
特　　徵：非常擅長電腦，堪稱人形 Google，看似文弱卻擅長拳擊
已知能力：拳擊、人形Google、各種黑客技術、Mad Dog（親手編寫的輔助型 AI）

代　　號：**老師**
暱　　稱：Ger
年　　齡：外表 30 歲，實際不詳（估計已逾 500 歲）
種　　族：不死者
職　　責：團隊顧問，擔任支援，負責講解各種門派、勢力及各族寶物的歷史
本　　職：中學老師
目　　標：尋死
特　　徵：平時沉默寡言，但一開口就能吸引眾人注意
已知能力：咒摺、水刑、迴光

代　　號：**黑仔**
暱　　稱：阿田
年　　齡：26 歲
種　　族：混血的不幸半神
職　　責：擔任支援，負責干擾警備及引發特殊狀況轉移敵人注意力
本　　職：地產經紀
目　　標：與母親見面
特　　徵：笑對不幸
已知能力：散布不幸、不幸炸彈

代　　號：**記者**
暱　　稱：綿羊仔
年　　齡：33 歲
種　　族：未來人
職　　責：擔任記錄，負責記錄及事後檢討
本　　職：記者
目　　標：記錄一切
特　　徵：沒有存在感
已知能力：隱藏存在感、時空筆

代　　號：**教練**
暱　　稱：亞樂
年　　齡：32 歲
種　　族：海族（魚人 / 盧亭）
職　　責：擔任後援及水中行動，負責資料搜集及事前部署
本　　職：游水教練
目　　標：守護族人
特　　徵：口是心非
已知能力：比人類強韌數倍的身體、控制海水

代　　號：**店長**
暱　　稱：Never
年　　齡：34 歲
種　　族：改造人
職　　責：擔任支援，負責入侵並控制所有常見電子儀器
本　　職：電話維修店 Never 店長
目　　標：找回記憶及向將自己改造的人報仇
特　　徵：對人類幾乎毫無感情，對數碼產品卻相當 NICE
已知能力：隱藏在體內的各種高科技武器、能與數碼儀器溝通，但對著沒有數碼化的傳統機械會無從入手

代　　號：**武器大師**
暱　　稱：AK47
年　　齡：30 歲
種　　族：被社會封殺的前驅魔一族
職　　責：擔任戰鬥主力，負責所有需要武力解決的問題
本　　職：無業
目　　標：堅持自己的正義
特　　徵：黝黑的膚色，凜然得近乎黑臉的表情
已知能力：擅長所有武器、驅魔、黃金血

代　　號：**偽神婆**
暱　　稱：獨角獸
年　　齡：27 歲
種　　族：巫覡
職　　責：擔任支援，負責通靈預言，但除了事關生死的重大時刻，否則通常隊員都聽不懂其故弄玄虛，所以看似沒甚麼用
本　　職：神婆
目　　標：獨角獸的角
特　　徵：時靈時不靈
已知能力：窺見可能性及特異點

代　　號：**異人**
暱　　稱：Hello
年　　齡：30 歲
種　　族：月球人
職　　責：擔任秘密武器，負責在最危急關頭出手
本　　職：太空館員工
目　　標：回家
特　　徵：尚未理解地球人的感情
已知能力：異於地球的文明科技系統，能做到像魔法般的效果，自由操縱氣體、液體、固體及等離子體，做出像是在控制風火水土一般的效果，甚至還能以付出某些代價為條件，來制定由他設定因果的結界，例如以自己無法説話代價，創作出一個其他人無法説謊的空間，但原理連他自己都不太明白

代　　號：**老虎**
暱　　稱：虎仔
年　　齡：24 歲
種　　族：化獸者
職　　責：擔任前線戰鬥，也會負責以動物身姿轉移敵人注意力或運送目標物
本　　職：大學生
目　　標：守護山林
特　　徵：行動力驚人
已知能力：化身各種野獸飛禽

代　　號：**吉祥物**
暱　　稱：方晴
年　　齡：24 歲
種　　族：未知
職　　責：擔任吉祥物及驚嚇反應擔當，讓其他成員能變得冷靜
本　　職：外賣仔
目　　標：未知
特　　徵：喜歡吃東西，以及將手握成叮噹手
已知能力：概念之門

第一章 教主之謎

「呼喊誰人是我，陌生得太寂寞，神經都會冒汗……」

彎月即將西沉，晨光未現，山林環抱的豪宅仍受霧氣縈繞，星光依舊被城市的光污染遮蔽，只有零零落落的幾顆星掛在夜空，這是教主最喜愛的夜色，為了多享受片刻，他悠然地在夜空中漫舞。

然而，他的身後卻散發出一陣擾人的氣息。

教主回過頭來，發現一隻蝙蝠正在尾隨自己。

一隻他無比熟悉的，和他現在的形態一模一樣的蝙蝠。

「終於找到你了，兄弟。」說罷，那隻蝙蝠竟如教主一般化成了霧，卻又不是一般的霧，而是血霧。

血霧在夜幕中凝結成一個身穿血紅色三件式西裝、披著豎領長袍的青年，看上去比教主稍稍年長幾歲，留著一頭飄逸的古典中分髮型，膚色蒼白卻難掩其俊美。其長袍在半空中如翅膀般搖曳，身旁圍繞著點點散落的、猶如星星般的血點。

教主所化成的蝙蝠一臉驚慌，更加緊用力地拍動著雙翼，卻似乎怎麼也飛不出血星的範圍。血星反過來向著教主收攏，最後更聚成一隻血手，緊緊地抓住教主。教主立馬化回人形，掙脫了血星的束縛，然後向著地面急降，在即將墜地的一刻展開西裝，化成了翅膀卸去衝力，順利地著陸。

至於那青年，則在血星的簇擁下，飄浮在教主的上方。

「教主，我們這麼難得才重聚，你怎麼這就趕著走啊？」那青年露出溫柔的笑容問道。

「大哥……不，X先生，這根血椿是你所設的陷阱嗎？」冒著冷汗的教主反問。

「不這樣的話，我要如何才能找到潛伏在茫茫螻蟻中的你啊？」X先生皺了皺眉：「不過，你之所以會因血椿而上釣，即是代表你還未放棄那可怕的妄想吧？」

西沉的彎月落入教主的餘光，似是一抹嘲諷著自己的笑容，讓教主不禁失笑，明明在早些時候，他才覺得這抹彎月所嘲笑的，是世界——

數小時前。

彎月微綻，像是一頭凌駕在雲端的惡魔，露出的一抹嘲諷世界的笑容。

嘲諷著世界的，除了那抹月牙，還有眼前的這座豪宅。這是一座坐落在崖邊的豪宅，位於半山區中一個不顯眼的拐角，只有一條既長且窄，所以無法掩藏身影的私家路連接著凡塵。這麼隱世的豪宅，卻同時配置著超乎想像的高科技保安系統，不禁讓人疑惑，這座到底是隱世富翁的豪宅，還是藏匿著不為人知真相的秘密基地。

此刻，萬籟俱寂，除了月光之外似乎再無痕跡，但如果你的感官夠靈敏，那麼說不定會在鬼影幢幢的樹影中，察覺到一些不該察覺的存在，例如一個佇立在樹梢上的身影。

一個青年的身影。

一個身穿黑色西服，繫著紅色領帶的青年，輕盈地躍到另一棵樹的梢上，眺望四周。

「教主！你真的要自己一個行動？」被稱為教主的青年所掛著的耳機，傳出了僅有他可聽到的聲音。

「和你們組隊後，已經很久沒有獨自行動，有點懷念做獨行俠的滋味，而且這次的目標只是個小東西，也用不著大夥一起出動，有隊長你幫我做了事前考察已經很足夠了。」教主彷如耳語般輕聲答道。

「好吧，那你自己小心，畢竟你都出了預告狀，對方說不定準備了意料之外的火力，應付不了就聯絡我，別逞強。雖然一般富豪準備得了的武力防衛，應該都對你無可奈何就是了。」

教主靦腆地笑了笑：「謝謝你了，任務完成後我再與你聯絡。」

然後，教主便向前一躍，西服隨著風壓在夜空中伸展開來，就像是翅膀一般霍霍擺動，教主已來到那隱世豪宅大門的不遠處，雖然豪宅看上去仍然平靜，但那些暗暗啟動著的各種保安設施所發出的微細聲響，凝聚成了一陣難以察覺的緊張氣氛。

「似乎是最頂級的保安系統呢。」教主觀察了一會後說道：「可惜，得物無所用。」然後，他便向著空中一躍，在朦朧的月牙下，還似乎有那麼一剎那間，身影變得如幻像一般，無法聚焦。他如落地的花瓣，無聲地踏入了豪宅之內。

那重重深鎖的大門之後，是一個頗為寬闊的花園，還有東主為了迎接客人所作的精心準備，一大隊武裝過的護衛，身披防彈衣，手執自動步槍，遠超一般民宅的保安水平。

「呼，還打算安靜優雅地行事。」教主舉高雙手，卻不似是投降，而是像準備迎接開場表演的魔術師：「那麼，SHOW TIME！」

教主話剛說畢就已經衝了出去，打亂了對方的陣腳，待護衛們反應過來，準備瞄準教主開槍時，他竟踏起詭異的步法向著他們靠近，同時令自己的身體像燭光一般晃動了起來。明明教主就在眼前，但護衛們的射擊竟全都落空，其中明明有數槍感覺命中了，卻又奇怪地穿透了過去。

待護衛們想再進行第二輪射擊時，教主已來到觸手可及之處，只見他閃身到第一排護衛的身前，並衝入了其中一人的懷中，啪啪兩掌，打掉了其本來緊緊握著的步槍，右手接過，不屑地笑道：「抱歉，我不喜歡用槍。」便隨手將步槍拋棄。

因為教主衝入了護衛的包圍中，令他們無法輕易開火，即使命中目標，以步槍的穿透力，恐怕亦會傷及同伴。這就讓教主有可乘之機，他微微笑了笑，然後右手一揮，從袖中揮出了一根黑色短杖，是魔術師慣用的短杖。

由於剛才的攻擊全都落空，已讓護衛有一種正在與無以名狀之物交手的感覺，所以當他們看到教主揮出短杖後，都下意識認為，這家伙會魔法，真正的魔法！

卻沒想到，教主用短杖向著身旁的護衛的要害一捅，就將他捅暈了。這明顯不是魔法，卻沒有讓被氣氛吞噬了的護衛們安心下來，因為，雖然短杖揮出的軌跡合乎認知，但揮杖者的腳步身法，卻超越了他們的常識。

槍火的硝煙未散，教主踏出一步，整個人便消失了，下瞬間又在另一個護衛的跟前出現，全然無法預測，護衛只能盲目地掃射掩護。槍聲夾雜著護衛們悽慘的尖叫，合奏成一段人間地獄曲，卻只是持續了一會，隨著槍息人寂，花園又回復寧靜。躲在掩體後的護衛隊長呆了好一會，才敢探出頭來，卻發現已不見了教主的身影。

雖然隊員們都倒下了，但幸好，他手上的自動步槍仍能開火，那就仍能繼續任務，只是，需要怎樣的報酬，才能讓他奮不顧身地再次面對那出乎意料的入侵者？那僅憑一個人，就擊潰了整個小隊的……怪物？

護衛隊長深吸了一口氣，然後追上入侵者的腳步，但在追逐的路上，滿是其他分隊被擊潰的慘狀，但護衛隊長仍然邁著腳步前進。

終於，他在通往地下室的防盜門前追上了他。

那地下室，就是他們這次任務所要堅守的位置，相信也是入侵者的目標。

只見教主拿起了步槍，然後將所有子彈都招呼到防盜門的門鎖之上，卻只留下了幾點如墨跡的淺痕，絲毫不動。

護衛隊長終於看到一絲希望，一絲能制止入侵者得逞的希望。

但這絲希望卻很快就變成了困惑與不解。

教主丟下了槍，並開始摸索著防盜門，在摸出了一道不顯眼的縫隙後，笑了，然後轉過身來，望向護衛隊長，露出了一抹公式的笑容，並輕輕躬身施了一個禮，就像即將開始表演的魔術師一般。

然而，護衛隊長所目睹的，卻是比魔術更要讓人不解的情景。

啪！

教主一聲響指，其身軀竟在空氣中化開去了，散成一團飄忽不定卻又有意識的霧團，俐落地穿過了那小孔。

教主化成的霧團穿過了防盜門，來到了地下室，並重新凝結成人形。

地下室中擺滿了各式各樣的珍寶，由名畫、古玩，到仍然閃爍著光芒的青銅寶劍，甚至連兵馬俑都有好幾具。

但教主卻視若無睹地穿過了芸芸珍寶，來到了地下室的最深處，一個裝著半根木樁的玻璃箱前。教主無聲無色地擊碎了玻璃箱，取出那拳頭般大的木樁，仔細地研究著，在確認了木樁的尖處有一片深深的陳舊血跡後，露出了滿意的笑容，然後一邊哼著小調一邊從西服內袋中掏出一塊白色絲巾，小心翼翼地包裹著那半根染血木樁，再放回袋中，然後就向著來處回頭走。

防盜門外，護衛隊長還未搞清楚狀況，那個有如常識深淵的小孔又出現異樣。

那陣熟悉的迷霧再度出現，並在護衛隊長的眼前重新變回人形，然後向著護衛隊長揮了揮手，輕聲笑道：「我的任務完成了，再見啦。」

語畢，教主向著大宅的天窗一躍，已來到屋外，護衛隊長仍固執想要追上，但等他跑出大宅的中庭時，已再覓不到任何人跡，只在彎月之下，隱約看見一隻飛鳥般的身影。

不，是兩隻——

「大哥……不，X先生，這根血椿是你所設的陷阱嗎？」冒著冷汗的教主反問。

「不這樣的話，我要如何才能找到潛伏在茫茫螻蟻中的你啊？」X先生皺了皺眉：「不過，你之所以會因血椿而上釣，即使是代表你還未放棄那可怕的妄想吧？」

「讓族人變回凡人之軀才不可怕。」教主反駁：「而且，透過研究這椿上的德古拉之血，說不定就能讓妄想變成理想！」

「經過了這麼多年，你理應親歷過無數凡人的生老病死才對，怎麼還不能理解，我們血族才是這世界上最尊貴的存在？」

「不對，正因為失去了死亡這恩賜，才讓我們變得扭曲、自大而且停滯不前！正因為人類的生命有盡頭，繁衍和傳承才有了意義，才能一代又一代的煥發出新的景色！」教主沉聲道：「血主就是了解到這一點，才會選擇隱居，不再與人類爭逐。」

「你離開族群太久了，前任血主，不，盧希梵他已經卸任了，現任血主選擇了另一條道路。」X先生將頭髮向後一抹，其額頭慢慢浮出一個現血印，那是血族的王之印記：「血主，我，選擇，征服與屠戮。」

X先生指了指教主，他身旁縈迴著的其中兩點血星馬上飛向教主。只見血星在飛到教主身前時突然燃燒起來，教主馬上翻身躲避，但血星炸裂的血火太過瞬猛，其西裝外套只是被火舌稍稍纏上，就已經劇烈地燃燒了起來。

X先生再指了指，又飛出兩點血星，直接擊穿了燃燒中的外套，卻不見了教主的身影。不過X先生早就發現那潛匿到暗處，等待著時機逃脫的蝙蝠身影。

X先生這次指了指地上，無數血星聚成了一個六芒星陣，血陣閃爍著腥紅色的光芒，然後，光芒向四方八面伸延開去，並在樹林的邊界處躍向空中，再在X先生頭頂上重合，形成了一個由血光構成的鳥籠結界。

教主在血星化成血陣前，已不顧一切地向樹林外飛去，卻還是及不上光芒聚合的速度，最後硬生生地撞上了結界，打回人形。

教主從高空下墜，卻馬上取回平衡，順利落地。

二人再度對峙。

「收拾了血主之後，下一個就是我嗎？」教主再度拔出短杖，並擺出了全力戰鬥的架勢。

「你不是渴望凡人們的死亡嗎？」X先生一臉悲傷地道：「何必借助螻蟻們的甚麼科學去研究？我賜予你就是了。」

啪！

X先生一聲響指，身旁的血星化成了一根又一根的血釘，然後如雨點般向著教主傾瀉而去！

教主艱難地迴避著，身上的傷口卻還是一道一道的增加。

「別以為我不會出手！」教主被迫到樹幹上，走投無路下終於吼了出來，然後再揮了揮短杖，身上傷口的血就聚到了杖頭之上，化成了條宛若靈蛇的血鞭，同時霧化繞到X先生身後，在其長袍上鞭出了一道深深的裂痕。

「呵呵，看來你經歷了這些歲月，也不是毫無長進，終於變得能野蠻起來了啊。」X先生因為教主的反擊欣慰並興奮了起來，也開始展現身法，化成血霧閃轉騰挪，同時血釘亦變得更狠！

二人連連霧化追逐，但教主霧化的速度遠不及X先生，逐漸由角力變成閃躲，要用盡全力才能勉強避開其攻擊，所以已經沒有了反擊的餘裕。

教主明白二人的差距，所以開始轉為拉開距離，並從周遭撿起石頭來反擊，但都傷不了X先生半分。

然而，X先生卻在一聲怪響下停了攻勢。

「兄弟，你果然聰穎……知道奈何不了我，就將目標放到結界之上。」X先生一邊搜尋怪響的來源，一邊興奮地揚起了嘴角，X先生知道結界的裂痕是教主用沾上自身血液的石頭砸出來的，所以他自然知道方向，所以教主馬上霧化，穿過X先生，再變成蝙蝠，向著缺口全速撲去！

終於，教主成功穿越了結界，來到樹林邊界的崖邊，然而，身後卻突然傳來一陣不祥的血光！

教主望去，發現X先生的血星形成了一個反十字血陣，那是登基為血主者才能發動的陣法——血葬星塵。

血化為星群，劃出了不祥的星軌，圍繞著教主縈迴成血色的銀河系，無窮無盡的血點如流星般殞落，劃過無月的夜空，貫穿了教主的翅膀，疼痛讓他無法再維持蝙蝠之姿，在重力即將將他拉向萬丈深淵之際，群星亂墜，將教主的身軀劃破，再貫穿，劃破、貫穿、劃破、貫穿、劃破、貫穿——直至教主完全化為星塵。

第二章 解散

「甚麼是隊長？」

「為甚麼，要選我作隊長？」

「就是為了讓我收拾這爛攤子嗎？」

頭痛的時候，隊長會習慣性地用手後向梳理自己那把披肩的長髮，然後再紮成辮子。然而，他卻忘記自己早就剪走了那把長髮。

落空的手掃向了他瘦削的臉上，掩蓋著臉上的難色，一雙滿是疑慮的眼，望向四周。

這是一間十九世紀歐洲風格的房間，法式橡木長桌、刻滿雕飾的柱、血紅色的絲絨窗簾，還有個這城市根本用不著的壁爐，但同時又放滿了現代化的電子設備，尤其是那張橡木長桌上，隊長身後的辦公桌上，不單有台最新型的電腦，還連接著投影機，而桌上還有幾個機關口子，明顯可讓儀器從桌內升到桌面上。

這裡是教主所準備的安全屋，同時亦是他的團隊的基地。

望過四周後，他的眼光放到身前，那分成五五一排就座於法式橡木長桌兩側的十個成員，卻又再沉思了起來。

但成員們不允許這份沉默醞釀，尤其是左邊那一排的成員，都因為不解而顯得躁動，而右邊一排的，不是在凝望著隊長等待解答，就是低頭思索。

他們在思索甚麼？

「隊長，你說教主失蹤了是甚麼意思？」左排的一名成員重複著這次會議的原因。

「你怎麼不說話？」右排的一名則焦急地問道。

「他是怎麼失蹤的？」左排的另一名仍然不敢置信。

「是我們被盯上了嗎？」又是左排的成員問道。

「這可是會讓我們，還有我們各自的族人陷入危險！」右排的另一名成員激動得拍案喝道：「我早說過組隊不是甚麼好主意！」

「但若不是有大家，我們能這麼順利，一件又一件地，逐漸取回我們各族的寶物嗎？」左邊那排的人卻制止了那人繼續發難。

「雖說如此，但現在正是我們這團人之中最關鍵的人物失蹤了。」

眾人不禁一同暗嘆，沉默又再縈迴。

過了好一會，才有人再次開口：「這事可不單單影響我們，還是攸關整個鏡之民的大事，隊長，你快告訴我們，教主到底發生了甚麼事吧？」

「隊長！」、「隊長！」、「隊長！」

面對眾人的軟硬兼施，隊長卻莫名其妙地問了一句：「所謂的隊長，到底是甚麼東西？」

「隊長⋯⋯不就是一隊之長？」

「那為甚麼要我做這個一隊之長？明明發起人是他。」

「那是因為你比較成熟吧？」

「開玩笑嗎？明明隊內多的是比我年長的人，也多的是比我聰穎的人，再怎麼也輪不到我吧？」隊長望著左排，一個被他們稱為老師的成員，埋怨道。

老師迎著隊長的目光，卻不作回答。

隊長嘆了一口長長的氣，才緩緩說道：「前些天，教主他獨自行動，然後就失去音信了。」

隊長簡陋的報告，讓眾人又吵了起來：「是甚麼行動？」、「為何只有他一人行動？」、「目標是甚麼？」、「地點在哪？」

面對一窩蜂的問題，吵得隊長頭都痛了，他忙攤手示意眾人先靜下來，然後才不情不願地輕按手上的遙控器，只見一張投影幕就從他身後降了下來，並投影出那晚的豪宅，還有內裡情況的照片繼續解釋道：「在他失去音信後，我已馬上前去目標地點打探，卻發現那處已經人去樓空。」

「這⋯⋯難道是陷阱？」

隊長點了點頭，答道：「只能這麼想了。」

「設這陷阱的，一定是個不簡單的對手。」老師語調平和，似在引導著隊長問道：「你打算怎麼辦？」

隊長欲言又止，最後還是在眾人的壓力下，說出了不知該不該說的話：「我在現場⋯⋯發現了他留下的口信。」

「這麼重要的事你為甚麼不說？」、「你是想掩藏消息嗎？」、「是甚麼口信？」、「快說啊！」

有的成員甚至激動得只能怒吼發洩，有的卻仍然一臉平靜，專注地觀察著眾人的表情動作，有的因為見不慣如此混亂的場面，乾脆趴在桌面，還有的甚至焦急得抽泣了起來。

隊長又再陷入深思，心中的自己也追問起自己：「真的要說出來嗎？那就沒有回頭路了。」他揉了揉太陽穴，卻喃喃自語說著似乎毫不相關的疑問：「話說回來，我是怎麼成為隊長的？」

這疑問，如黑洞般，將隊長的思緒拉入了回憶的深淵——

數年前，當隊長還不是隊長，仍留著一頭長髮時，他幾乎每天都窩在不同網吧的包廂中，一邊接普通的IT工作，一邊透過暗網接一些不見得人的黑客工作，後者的薪酬很不錯，缺點就是件數不多，而且絕不能曝光自己的身份，先不說犯不犯法的問題，他的工作所招惹的，不是黑道，就是滿手血腥的大企業，他們要報起仇來，監獄與之相比都可算是天堂了，加上他的身份，是絕不能在民間現身的「鏡之民」，所以他只能不斷轉換工作地點。

但無論他再怎麼轉換地點，總是有個熟客能找到他，並親身上門進行委託。

「又是你啊？這次是想我幫你黑進哪間醫院？」長髮亂垂的隊長，面對來客卻頭也不回，只專注在自己眼前的熒幕，同時問道。

「不，這次不是工作委託。」只見一身便服打扮，架著調光鏡片眼鏡，戴著鴨舌帽，咬著飯團的教主也不客氣，逕自坐到隊長身旁，用閒話家常的語氣說道：「我想組一支團隊。」

「喔，鏡之民的復仇者聯盟嗎？」隊長隨口答道，視線還是沒有移開。

「應該說是一個神偷團隊吧？」教主說：「將『鏡之民』各族的力量糅合，發揮不同的能力，以從人類手上奪回本屬於我們各族的寶物。」

「嗯哼，那你有人選嗎？」隊長依然漫不經心。

「有，但不夠，你有人選推介嗎？」

「入團的條件是？」隊長同時心想，這不還是工作委託嘛，並開始盤算著推薦費。

「能跟上我的步伐吧。」教主笑著笑道。

「呵，那可就刪除了好大一堆人選。」隊長右手繼續敲打鍵盤，左手卻在屈指算著。

「我也不想太多人，只要精英，而且能力盡可能不同，以應付各種不同的情況。」

隊長左手屈指算完後，便拿出平板電腦，在上面敲了一頓後，彈出九個人的相片資料，說：「這些人都是某方面的精英，能力都無話可說，但大部分都沒甚麼經驗，你看看合不合適吧。」

「嗚哇，這不是機密資料來的嗎？」教主稍稍嚇了一跳。

「你忘了我是幹甚麼的嗎？」隊長不可一世地道。

「那，你豈不是也知道……」教主突然陰森了起來，彷彿連牙都變我尖銳了。

「你的身份嗎？早就知道了，不過我可是專業的，可不會隨便向他人透露自己顧客的資訊，可況還是熟客。」隊長徐徐說道。

「真無聊。」教主不滿地鼓起了腮：「還以為能嚇嚇你。」

隊長不屑地笑了笑，然後敲了敲平板電腦，示意教主選人。

「九個嗎……」長翻看著資料：「加上我們的話就是十一人了，那就決定是這些成員了。」

「你們有甚麼人？」

「不是你們。」教主指了自己，再指隊長：「是我們。」

「你把我也算入去了？你有問過我嗎？」隊長終於坐不住，生氣地站了起來。

「另外那九人也還沒問啊，我是打算逐個逐個問的。」教主笑了笑，然後伸出右手：「那你要加入嗎？還是繼續一邊做IT狗，一邊在不同網吧間遷徙呢？」

隊長無言以對，坐回那張殘破的電競椅上，望著這狹亂的空間，思考了一會，然後問了個問題：「住宿伙食，人生安全？」

「呵，你不是會拳擊的嗎？還需要別人保護你？」

「我的拳只能對付人類，而且……」

教主笑了笑，然後説：「全包。」

「成交，多多指教了，隊長。」隊長伸手示好。

教主雖然握過對方伸來的手，卻又狡黠地笑道：「不，你才是隊長。」

「為甚麼！」隊長急忙將被握住的手抽了回來。

「因為隊長是件苦差啊。」

「你這不是陰我嗎？你的團隊，隊長你自己當啊！」

「我可沒有當隊長的特質呢。」

「隊長能有甚麼特質，不就是發號施令的人嗎？」

「當然不是，作為隊長最重要的特質，就是要有為別人犧牲自己的精神。」

「你指自己是自私精嗎？」隊長嘲諷道。

「也可這麽説吧，畢竟我容易沉迷在自己的世界……」教主苦笑道。

「所以就要犧牲我咯？而且我一直都是獨行俠，哪來甚麼為別人犧牲的精神！」

「我不了解你，就不會前後委託你十多次了，倒是你自己，完全沒自覺的嗎？」

「甚麼自覺？」

教主笑道：「反正到了關鍵時刻，你就會發現自己身上的隊長特質了——

「隊長的特質嗎？」隊長喃喃自語道。

老師見隊長失神了，又突然自言自語，便擔心地問：「你在說甚麼？隊長，你還清醒嗎？」

「去他的隊長，我這就要說了！」隊長突然爆發，衝了上前，一拳打向牆上，打出了一個凹痕，並怒氣沖沖地說著：「那口信是在現場不遠處的樹林裡發現的，是教主用血在樹幹上寫了兩個字和一個符號。」隊長說完，就走到辦公桌上，直接敲打著鍵盤，投影幕上就顯現一幅照片，樹幹的照片，只見在靠近樹根的低處上，刻著歪歪斜斜的「解散」兩個血字，還有一個奇怪的符號，有點像「由」字，是一個五角形之中再畫了一個十字。

但比起符號，大家似乎都更在意那個字。

「解……散？」眾人幾乎是同聲驚道。

「沒錯，這就是教主的意思。」隊長仍然一副不滿：「這隊長也當得累死人了，就依他這發起人的意思解散吧！」

「但等等，若教主當時是在與人纏鬥，那時間應該很倉促……」一直將自己雙手縮成球狀，仿如叮噹手般，並把玩著的成員説道。

「那不重要吧？現在就因為這所謂隊長的個人不滿，就要解散團隊，這可以嗎？」

「不，這不單是一個意氣用事的決定。」老師補充道：「依照當時環境推測，教主很可能遇上了一個超乎想像的對手，若我們仍然以團隊行動，説不定會被對方一一發現我們的身份。」

「那你的意思是要放棄教主嗎？」坐在右邊那排一個身型健碩、皮膚黝黑的成員質問道。

「畢竟，這事可不單單影響我們自身。」老師閉目垂首道。

「就是，會危及到族人這點我可不能忍！」另一名右邊那排的成員拍案而起：「我當初就不應該加入，這樣害我的族人又得搬一次家！」

「我也……贊成解散。」又一名成員和應道：「畢竟，我是個陀衰家……」

「可是……」

「可是甚麼，你沒有家人倒輕鬆，怎會理解我背負整個族群的責任有多重！」

「好了，別吵了。」老師站出來調停，並轉而望向隊長：「我只想問一句，這是你作為隊長的決定嗎？」

隊長卻仍然是氣沖沖地回道：「沒錯！」

老師嘆了口氣，說道：「我，遵循隊長指示。」然後隱沒在黑暗之中。

隨著老師的離開，眾人都一個接一個地望向隊長，然後一個接一個離開。直至最後一人，那皮膚黝黑的成員亦準備離去之際，隊長才開口拜託道：「武器大師，雖然我們解散了，但危險還未解除，希望你能多照顧一下那些無力保護自己的隊……前隊友。」

「不用你說。」武器大師説罷，重重地摔了摔門才離開。

最終，只餘下隊長，他攤坐在座位中，環視著空洞的會議室，然後嘆了長長的一口氣。

接著，他又深淨地吸了一氣，再伸展了腰背和雙手十指，並換上一副當年還是個獨行黑客時的表情，向著眼前的熒幕和鍵盤説道：「好了，開始幹活吧！」

「這就是你所説的犧牲精神嗎？」隊長一邊想著，一邊調查著各方面的資料，例如那棟大宅的業權、租約，還有用各式解密方式去調查那神秘的「由」字符號，為了能加快調查的速度，他按了按桌上的按鈕，又讓兩個熒幕和鍵盤升了上來，三個熒幕中的兩個在顯示著隊長透過入侵各個部門機構所找到的線索資料。

「MadDog。」隊長向著餘下那熒幕呼叫，熒幕便彈出了一個老虎狗卡通頭像，問道：「主人，有甚麼事？」

「幫我分析研究這符號，同時將有意義的結果記錄下來。」隊長吩咐過後，那被稱為 MadDog 的 AI 就立即投入工作。至於另外那面投影幕也沒有閒下來，所有被判斷和有用的資料都被彙整到這上面來。

隊長就這樣在三個鍵盤上翩翩起舞，跳出一段解密及分析的舞曲，即使是由十數個人組成的專案小組，也得花上一星期才能達到隊長的程度。

即使如此，隊長卻還是露出了笑容，並自嘲道：「我這人真是沒救了，明知是陷阱還要跳下去……但起碼，只是我一個而已。」

——為別人犧牲的精神。

教主的話語又再浮現腦海，隊長藐了藐嘴，想找些甚麼話反駁，卻又想不出來，只好繼續埋手分析。

符號方面，MadDog雖然已經找到有兩個解密方式能將之變成信息，但都是些沒意義的拼湊，所以MadDog繼續自行分析。至於線索的追蹤方面，豪宅的相關資訊被人為地銷毀，卻反倒讓隊長有了目標，他從銷毀資訊開始調查，發現是一名相關部門的臨時工所做，便再同時調查那名臨時工，及其所屬部門的其他職員。

在得知那名臨時工身家清白，與他有關聯的所有銀行帳戶在近半年都沒有來歷不明的帳目後，就先擱置了這個方向，並集中調查其他職員，尤其是身懷鉅額欠債的該部門主管，最後，果然從其妻子的戶口中，發現了一筆來源不明的入帳。

循著這筆款項，又再向上追溯了三四個來源，最後鎖定了一個奇怪的宗教組織——盧希梵會。

「盧希梵？沒怎麼聽過這名字……」隊長一邊搜尋這名字，一邊開啟地圖，追蹤盧希梵會的地點。

兩項結果同時出現，而 MadDog 的分析似乎亦有所發現，但此時電腦卻莫名其妙的斷電了。

「夠了，你調查得太深入了，再查下去你會有危險的。」老師突然從會議室的暗處走了出來。

「你、你是甚麼時候回來的？」隊長詫異地問。

「我一直沒離開。」

「你早已經猜到我的行動了嗎？」

「沒錯，所以準備在你即將墜入黑暗的深淵前制止你。」

「放心吧，我之前的工作一直在黑暗中穿梭，早就習慣了。」

「不，暗網凝聚的只是人類的黑暗面，但你再向前走一步的話，所要面對的，就是真正的黑暗，源自歷史與傳說深淵的黑暗。」

隊長從未見過老師如此肅穆的神情，只是⋯⋯

只是，電腦斷電前一閃而過的兩個搜尋結果，已經烙印在隊長腦海之中，揮之不去了。

其一，是盧希梵會的地址及其附近的街道，在地圖上正好形成一個「由」字，或者說，是一個五角型之中再畫了一個十字。

其二，是一段網絡百科的詞條：

出場人物．盧希梵爵士（英語：Lord Ruthven），一名優雅倜儻的英國貴族——吸血鬼爵士。

第三章 老師

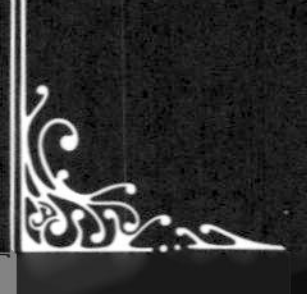

聖索羅男女中學，創校已逾百年，是這城市現存歷史最悠久的中學之一，位於幽靜的半山之上，雖然經過修繕及改建，但校舍最大的特色紅磚配上白色花崗石的舊時代建築風格仍被保留了下來。

此時晨光初現，莫說學生，連校工都尚未上班，卻已經看到了老師的身影。

這個「老師」就是教主團隊的那個老師，由於他是一名中學教師，所以成員們就將他的代號取為老師。

老師每天都是第一個到學校的人，他會來到校舍一角的亭子裡，癡癡地望著亭旁的一株柳樹，直至第一個學生到校為止。

然而，今天的老師因為過於憂愁，所以忘卻了時間，即使學生們到校了仍不察覺。淡淡晨光，落在老師那柔弱卻凜洌的臉龐上，反照出一臉霜白，那一頭及耳的曲髮，彷如亭邊垂柳般，在朝風中搖曳，這全然不像是活人的氣息，更似是一幅典雅的墨畫，攝住了一眾路過師生的目光。

「你們在望甚麼啊？」一個身形纖瘦，留著一頭短髮的中六女生好奇地問站在外圍圍觀的女同學。

「你看，柳Sir在涼亭中，是不是像電影畫面一樣？」女同學一臉陶醉又惋惜地說道：「只可惜，帥歸帥，卻有著一副生人勿近的氣場，讓人難以接近。」

「才不是，柳Sir明明很好人，和他聊甚麼話題都會認真回答！」短髮女生為了證明自己的立場，拼命地擠過了圍觀的人群，大步大步地走向亭子去。

「柳Sir，你在看甚麼看得這麼入神啊？」還未走入亭中，女生已大聲問道。

老師這才回過神來，一臉淡然地望向聲音傳來的方向，一望見女生的容貌，那份淡然就變成了錯愕，卻又馬上變回了往常的冷淡。而一眾圍觀的師生也因為這亂入的女生搗毀了氣氛，所以都不滿地散開了。

「你怎麼每次見到我都是這樣的表情啊？」女生有點不高興。

「抱歉，小婷。」老師黯然地別過臉，沒有解釋太多。小婷完全不把老師那拒人千里的態度當回事，一屁股坐到他身旁，卻又不再說話。

「怎麼不回課室？」老師問。

「怕你寂寞。」

老師聞言，又再怔了一怔，然後苦澀地笑了笑。

「對了柳 Sir，你對都市傳説有研究嗎？」

「稍有涉獵。」

「那你有沒有聽過『鏡之民』的傳説？」

「當然聽過，那是很古老的傳説了，現在又開始流行了嗎？」

「對啊，這陣子不是發生很多大型偷竊案，還有神秘失蹤事件嗎？尤其是那些偷竊案，好多流出的情報都顯示那並不是常人能做到的，很多 YouTuber 都在説，都是傳説中的『鏡之民』做的！」小婷手舞足蹈地説道：「所以我就想知道這些『鏡之民』到底是怎樣的種族。」

「『鏡之民』不是種族，而是一個統稱。」老師淡然説道：「是指那些不容於人類社會的稀少種族，或是特殊個體，例如中國的妖精，或是外國的哥布林，都可劃分為『鏡之民』。」

「原來是這樣呀，柳 Sir 果然甚麼都知道！」

「人年長了，見識自然會多了，不是甚麼了不起的事。」

「那麼柳 Sir 你信不信真有『鏡之民』的存在？」

「個人的相信與否，並不影響事物是否存在。」

「這說法真狡猾，我又不是真的想知他們存不存在，只是想知道你的想法而已。」

「我對這事沒有想法。」老師笑了笑，神情卻又突然僵了起來，吩咐小婷道：「好了，快上堂了，趕緊回課室，趕緊！」

「知道了——」小婷拖著不滿的腳步，轉過角去，消失在老師的視野。

然後。

一個身穿血紅色三件式西裝的青年，無聲無色地出現於老師的背後。

「她，和她很像呢。」X先生親切的說道。

「你找我何事？」老師沒有回過頭來，只是冷冷地問道。

「哎呀，這是對老朋友的語氣嗎？」X先生一瞬間就移到了老師身旁，拍了拍他的肩膀，然後坐了下來，問道：「我們多久沒見了？有好幾十年了吧？」

「快一百年了。」

「對、對，一百年了，我到歐洲去尋根，一去就是一百年了。」X先生笑道：「不愧是你，竟然記得這麼清楚，對那些螻蟻來說，百年已經是歷史的層級，但對我們來說，不過是轉眼而已。」

老師沒再說話，只靜靜等著對方將話說完。

「不回應嗎？真沒趣呢。」X先生又站了起來：「那我就直入主題了，你是愚弟那一夥的嗎？」

「甚麼意思？」老師依舊是冷冷淡淡地道。

「愚弟組了一個小團隊，似乎是專門從螻蟻權貴手中偷回那些本屬於『鏡之民』的瑰寶，所以我在想，如果我是愚弟，一定會找你這種德高望重的老前輩入伍。」

「我只不過是活得久了一些，又沒甚麼本領。」

X先生默默地瞪著老師，老師不卑不亢地迎接其目光。

「你也知道，我一直看不過眼愚弟想將血族變成螻蟻那瘋狂念頭，當年以為他是少不更事，卻沒想到過了百年，他不但沒變得成熟，反而更加投入，還用那些螻蟻的甚麼科學方式去作研究，我就想，我這作為兄長的，是該給他一個教訓，一個重重的教訓。」X先生用力地緊握著拳頭，神情卻帶著一絲悲涼，續道：「然後，我還發現他組成了那小偷團，就在想，是否那些人帶壞了他，所以就在追查他們的行蹤，我本來已經找到愚弟那間安全屋，可惜卻遲了一步，已經人去樓空。」

「那你想怎麼對付我？」老師也站了起來。

「你不否認嗎？」X先生詫異，並再次檢視老師。

「我做的事都問心無愧，何須否認。」

「那你打算怎麼做？要為愚弟報仇？」X先生冷冷地試探著。

老師閉目定了定神，思索X先生話語中的意思，然後才張開那乾涸的嘴巴，仍是那般淡淡的答道：「我處事的原則從沒變過，還是你所知道的那樣——順其自然。」

「不愧是你，我也只是打算來勸你不要插手，畢竟一場舊相識。」X先生真誠地微微笑道。老師默然眺望遠方。

「而且，對著你這不老不死的存在，我也不知可以做些甚麼。」X先生揚起了嘴角，用下巴指向剛才小婷消失的轉角，說：「只是沒想到，今天卻有意外收穫。」

「你……想用我的學生威脅我？」老師將雙手放在身後，以藏起那微顫的雙手。

X先生攤開雙手，示意自己甚麼都沒做，然後又再說道：「那女生，和她真的很像。你遇見她，是多久之前的事了？四百年？五百年？」

「七百六十一年。」

「你似乎還忘不了她，不過是螻蟻，真的值得你如此思念嗎？」X先生說畢，便向著轉角的方向走去，並道：「算了，這些情感我不理解，反正我會好好招待她，等到你們的小團隊完全瓦解後，我自會將她完完整整地送回你手上。」

「你真要動手？」老師拉住了X先生的肩膀。

「畢竟我奈何不了你，若有人質在手，我就能放心一點。」X先生一把撥開老師的手，然後立馬擺好迎戰的架勢。卻沒想到，那架勢剛擺好，老師的掌已探到X先生的腹中。

「雲起。」X先生笑著說出老師即將使用的招式名字，然後一陣狂風便在X先生的懷裡生成，並將他吹飛入校園外的山林之中。

面對這凌厲又精準的一擊，X先生不單沒有慌亂，反應陶醉了起來，他在風勢變弱之際，俐落地擺動著雙腿，並用腳尖起點了樹上的一片葉子，然後就穩穩地立在其上。老師亦隨之來到林中，卻沒有繼續追擊。

「你有多久沒動過手了？」X先生輕輕拍去身上沾染的塵沙，稍稍失落地問：「感覺好像生疏了。」

老師不答話，他從懷中拿出一本猶如奏摺的風琴摺頁硬皮冊，在握著寫有「咒摺」二字封面後，將餘下的封底及內頁向著X先生所在的樹拋去，只見冊中的摺頁無限地延展，並將樹連著X先生重重圍了好幾圈。

「水刑。」

老師喊畢招式名稱，那咒摺所圍繞的空間便憑空生出了水流，並形成球團，將X先

生團團圍住。但X先生只是揮一揮手，一道血光便將水球斬開，他亦從容地跳了出來。

二人互瞪了對方一眼，老師再度揮舞著咒摺，X先生亦散出血星準備迎戰，只見血星凝聚，形成了一個反十字血陣，再化為星群，劃出了不祥的星軌，縈迴成血色的銀河系——

然而，X先生卻突然煞住了血葬星塵，沒有發動。

「我怎麼完全感受不到你在運氣？」X先生望著老師手上那徒有其形的咒摺，突然領悟：「你……該不會只是想借我之手來殺了你吧？」

老師嘆了口氣，然後收起了咒摺，認命地道：「你不是想清除你弟弟身邊的壞影響嗎？而我亦一直在尋死，我們的目標一致，這不是兩全其美嗎？」

「呵，莫非那女生只是個圈套？」X先生狐疑道。

「外表再相似，也只是皮囊，她，早已經死去了，在我的懷中……我真正想做的，從七百年前起就沒變，就是到彼岸去陪她。」老師失落地道。

「恐怕我還未有能力讓你擺脫永生這詛咒的力量，先待我完全消化掉血族之王的力量吧，應該不會讓你等太久的，吾友。」X先生回復那紳士的笑容，但他心中卻仍有一團烏雲無法消散。

「我等你。」老師亦笑道。

「那能否請你暫居寒舍，直至那一天的到來？」X先生問道。

老師動作稍大地點了點頭。事情就此解決？不，不妥。X先生心中的烏雲不單沒有散去，反而愈來愈厚實，一定有些甚麼東西他看漏或是忘記了。

是甚麼？

老師的目的真的只是尋死嗎？

那女生真的只是圈套嗎？

說起來，有必要設這樣的圈套嗎？

這老不死的，要引我動手，明明方法多的是⋯⋯

老不死？

說起來⋯⋯

「生死之外，」X先生一邊思考喃喃自語地道：「還有甚麼⋯⋯？」

靈魂。

X先生還未說出口，老師已察覺到，不禁臉色一沉，這微細的反應讓X先生心中的烏雲盡散，豁然開朗。

「莫非，你是從她身上，發現了輪迴的印記？」X先生燦爛地笑著問道。

老師臉色再沉。

「看來，這一切都是想騙過我，你並不在乎那女生的掩眼法⋯⋯這樣一切都說得通了。」X先生說罷便轉身而去：「人質，看來還是女生好。」

「你敢？」老師馬上箭步前趨，打算制止事情往他所想的最壞方向發展。

卻沒想到，X先生只是輕輕揚手，圍繞在他身邊的血星便凝化成無數釘子，把老師狠狠的釘在樹幹上。

「放心吧，我不會傷害她的，反過來，或許你會感謝我啊？」X先生回頭笑道。

「你想幹甚麼？」老師用力掙扎，卻動遙不了半根血釘。

「若她真有輪迴的印記，那就是想試試喚醒她的前世記憶。」X先生說：「畢竟若能更了解靈魂，吾等血族說不定會變得更繁盛！」

「別碰她……別讓她回想起那些淒慘的往事……」老師無力地哀求。

X先生冷笑一聲，便凌起身軀，準備飛回校園。

颼——

然而，一枚子彈直接擊中X先生的臉頰，卻只是擦出了一道微細的口子，閃爍著虹光的腥紅血液緩緩流出。只見X先生輕輕一撫，流出的血液就流了回去，而傷口亦馬上就埋上了。

X先生望向子彈飛來的方向，只見一個皮膚黝黑、身型健碩、留著側分短髮的男子，身披一件短身道袍，兩手各執一把手槍，其中一把正在瞄準X先生，同時邁著雄渾的腳步走向他。

「何方妖孽，敢在此鬧事？」那男子喝問道。

「你那子彈不尋常，竟能讓我淌血……」X先生仍在撫慰著傷口，同時觀察著來人，笑問道：「你是哪個組織的？」

「驅魔一族。」男子將另一把槍都舉向X先生。

「果然。」X先生嘆了口氣，望向老師：「你運氣真好，我還不想驚動本地的驅魔勢力，這次就先放過你吧。」

說罷，血星便凝聚成斗篷，又延展成翅膀，準備離去。

「喂，想走？你問過我沒有！」自稱驅魔一族的男子叫道：「是怕了我這雙槍嗎？」

「別自以為是，我只是給你們的老大一點面子而已。」騰空的X先生搖了搖手指，血星便閃到那高舉的雙槍周遭，然後滲了入去，並將之拆成了零碎的零件。

然後，X先生便飛向了遠方。

過了好一會，那男子才從手槍被輕易拆散的錯愕中回過神來，而這時釘在老師身上的血釘都已經化回毫無生氣的血跡。

「武器大師，謝謝你來救我，但你怎麼會來這裡？而且還穿起了舊裝？你不是最痛恨他們的嗎？」老師問武器大師，同時發現他那件如牛仔褸剪裁的短道袍背後，是被墨打了個大交叉的紋章，那是驅魔一族的紋章。

「在山下剛好遇上送外賣的吉祥物，聽他說這附近有奇怪的、似乎是在戰鬥的聲音，便跑上來看看。至於這身衣服是以防萬一，畢竟他們在這城市還是很有震懾力的。」武器大師說罷便粗暴地脫下那短道袍，然後扶起老師：「那家伙，就是害教主失蹤的人？」

「別衝動，你不是對手。」

「我體會過了。」武器大師望著手中僅餘的槍柄：「說起來，他來找你麻煩是為甚麼？」

「他……想將我們一網打盡，所以想我別插手。」

「他還威脅了你，是不是？」

老師無奈地點了點頭，說著：「是我的學生。」

「既然他對我前東家有所顧忌，那我就試試拜託一些熟人，暗地裡保護這學校吧。」說著，武器大師便取出電話，發了個短訊，然後道：「好了，都安排好了。」

「謝謝你。」老師鬆了一口氣，卻發現武器大師仍然緊握著槍柄，便問：「你……接下來打算做甚麼？」

「這事不能就此了結，他不單害教主，現在更以我們為目標……」武器大師望著老師說道：「為了對付他，我要先去取一點東西，但這需要一點時間，你能幫我個忙嗎？」

「請說。」

「隊長交代過要我多照顧一下那些無力保護自己的前……不，隊友，所以我希望你能暫時替我照料他們。」

「明白了。」老師點頭答應道：「那麼，誰最需要照顧？」

「吉祥物……不，還是黑仔吧，他這人最倒楣了。」武器大師笑著說道，老師聽到名字後，也不禁笑了。

第四章 不幸事件簿

你們是怎麼看運氣這回事的呢？

純粹的亂數隨機？

還是受至高無上者編排的宿命論？

不過，無論再怎麼看，大部分人都不會真的能看得到運氣的，對吧？

但，偏偏，就是有人能夠看見運氣。

沒錯，就是我，大家都叫我黑仔。

我是一個能看見運氣的人，呃⋯⋯能看見運氣的，到底還算不算是人？

畢竟也真的有非人、自稱為「鏡之民」的組織邀請過我加入，不過，這點暫且先放下，因為說來還長，不太適合在要趕上班的清晨裡細聊。

沒錯，現在是早上，我躺在床上，耳邊是我曾經最喜歡的歌曲，只可惜我天真的以為將愛曲設成鬧鐘，就能讓我不那麼抗拒起床，但結果只讓我討厭了這首歌。

唉。嗯？

對，沒錯，我在懶床，連眼皮都還未睜開，意識是醒了，否則怎麼會自言自語呢？

只是，身體實在不願動。

而且，睜開雙眼是我每天最討厭的行為。

為甚麼？我前面不是說了嗎？

唉，但再不起床就要遲到了……

只好，乖乖面對現實吧。

我掙扎地張開雙眼睛，映入眼簾的，是一團又一團污濁的瘴氣，在我眼前、在我周遭、在我所能感覺的範圍飄來飄去。

沒錯，這些鬼東西就是運氣，而且是純度非當高的惡運。

你說既然我能看到惡運，那避開他們不就行了？

惡運在我周遭，可說是無處不在，根本避無可避，為甚麼會這樣？

因為，這些惡運，都是從我的身體裡出的，我就是自己倒楣的根源，那還能怎麼避？

不過，我早已習慣了。

我小心翼翼地探著雙腳下床，冀望不會再被不知為何會出現在床邊的積木塊傷害腳板，卻沒想到，腳剛放到拖鞋裡，就傳來了一股毛骨悚然不明物被踏扁爆漿的感覺，是那東西，蟑螂。

「天啊……」我欲哭無淚：「你為甚麼要躲裡面？」

本來刷個牙換個衣服再舒暢地大個便就能出門口，結果現在還要埋葬這無辜的小生物。

這就是我的不幸體質，不單是讓自己不幸，更會讓接觸我的人或物都會變得不幸，接觸得愈久，就會愈不幸，像這種小東西，肯定是因為在我家住久了，才會沾染上這麼濃厚的不幸，而死於非命。

唉，我一邊歎息一邊環視自己的家——一個不足百呎的劏房單位，除了床之外就幾乎沒有別的東西，那小東西平日是躲在哪的？

我本想探索一下唯一可能窩藏他的床底，但一想到還要上班，而且還是第二天上班，我可不想再遲到了，於是便將探索的想法拋諸腦後。我邊刷牙邊換衫，同時用水喉水稍稍壓平睡亂了的髮型，同時練習一下我的招牌笑容。

我會練招牌笑容，不是因為自戀，而是為了在我的不幸影響到別人時，起碼能有個讓人看著舒心的賠罪。雖然我是覺得自己長得還不錯，一頭亂得不失禮的短髮，因為窮而餓出來的尖削臉型，擅於微笑的嘴角，還有用點力裝帥時還真是有點帥的五官，不過嘛……總是被日常瑣碎的煩惱壓成一團，所以大部分時間看上去都是有點傻傻呆呆。

不過，就算再帥又如何？反正也不會交女朋友，難道要將不幸帶給自己愛的人嗎？嘿。啊，不好！又多浪費了五分鐘！

於是我立馬從馬桶上站起然後沖廁，確保沒有堵塞後便衝出門口，一如往常，我又穿錯了鞋，右腳是皮鞋，左腳是波鞋，但因為要趕路的關係，已經無法回頭更換了。我一路快趕，希望能在趕上巴士之餘，還能擠出時間買麵包當早餐，可惜時間真的太趕，所以我只好在跑過麵包舖時，順手揪起一盒三文治，同時放下一張二十蚊紙。

然後，我便衝向正在靠站的巴士，上車時發現價錢不同，還以為是加價了，結果到過海時才發現上錯車，最後還是遲了兩分鐘才回到公司，又要被扣工資了。

回到公司，取出三文治一看，發現裡面竟然沒有夾著配料，甚至連牛油都沒抹，然後整理銀包時才發現那時放下的不是二十蚊紙，而是一百元⋯⋯

我一邊啃著白麵包，一邊看著枱頭堆積的資料，一邊感恩道：「呼，今天運氣還算不錯呢。」

這樣坐在我對面那正在喝茶的，穿著微微有點泛黃的短袖白恤衫，留著中分花白曲髮及小鬍子的經理，不禁將水噴了出來，皺著眉對我說：「你都這樣了，還能算運氣不錯嗎？」

「對我來說已經很不錯了。」我笑著說道：「和那些真的讓人崩潰的大不幸比起來，這些小不幸再多，也不過如此，畢竟我叫黑仔嘛！

「我還以為那只是因為你的皮膚黑呢。」經理戇戇地說道：「不過才遲到兩分鐘就要扣人工，實在太嚴苛了，我替你說說情吧。」

「不用了，這是公司規矩嘛，我一個才上班兩天的新人就遲到了兩天也是說不過去，何況我早已經慣了。」我說完，便將最後一口的麵包吞了下去，認真地細讀著各式的指南及守則。

「下午有空嗎？我有個客人想為他的員工租宿舍，約了他下午去看樓盤，你有興趣跟著一起去嗎？」經理雖然在問我，但目光卻停留在電腦上。

「去、去，我要去！」

午飯時間剛過，我雖然還在看著那些新人必須要讀的資料，但無論衣著還是心態都已經準備妥當，只待經理吩咐一聲，就可以馬上出發。不過，我也知道經理與那客人約定的時間是四點，距離現在還有兩個小時，但我那雀躍的心卻似乎毫不理解時間的觀念，無論我再怎麼抑壓他，他都還是亂蹦亂跳。

經理似乎也發現我已經坐不定，他徐徐地喝清外賣杯裝的熱奶茶後，便站了起來，不顧鬍子上沾著的茶跡，披上了那件有點破舊的灰色西裝外套，提起公事包，向我說道：「好了，出發——」他話還未說完，我已經彈了起身，揹起背囊，跟著他跑出門口了。

經理駕來一架頗有年代，外觀卻仍然閃亮如新的墨綠色日本車。車剛停下，我便想打開後座的門，他卻氣道：「坐前面來，你當我司機嗎？」

「抱歉……」我尷尬地坐上副駕駛座，躬身道：「我從未坐過長輩車，所以不懂規矩……」

「你爸沒有車的嗎？」他隨口一問。

「我沒有爸。」我笑笑道。

「抱歉。」本來餘氣未消的他也沉了下來，向著待會要介紹樓盤駛去。

舊歌、煙味、微微的震盪、沒有遮掩的前座、無言的長輩還有一盞接一盞的紅燈，陌生中又帶著熟悉，我本想為自己的不幸道歉來緩解一下氣氛，沒想到他卻先開口打破沉默：「你為甚麼會來做地產？」

「吓？嗯……呃……」

「怎麼？很難說出口嗎？那就別勉強。」他眼神閃出了一瞬間的憐憫，讓我有點不舒服，如果是真正的不幸那倒沒甚麼，只是我的理由卻很——

「也不是難說出口，就是有點不認真，有點荒謬……」我尷尬地縮著身子。

「喔？那我倒更想聽聽了。」他嘴角微微上揚，讓那嚴肅死板的鬍子也突然有了生氣。

「呃……好吧，我說就是了，但你別生氣啊？」我又再畏懼地閃了閃身子，但他的眼神卻是變得更期待了。

「那個……因為我天生運氣就很差，而且還不單是自我的運氣差，連我長期接觸過的人或物，都會變得不幸，所以我之前做的工作，不是老闆逃亡，就是公司倒閉，更試過是整個行業被淘汰，連之前好不容易受邀加入的盜……不，初創公司，都是因為我而突然解散。」我黯然了一下，但為了不讓經理擔心，又馬上提起精神來，笑道：「然後在失業那段期間被追房租時就想到，當下對我來說最大的困擾就是房租，而我的不幸卻會令我無論如何努力，我的成果都會毀於一旦，那麼，如果我將不幸帶給我的最大困擾呢？」

「哈哈哈！你這小子，是想讓地產這行業遭殃嗎？」那一臉正經的經理竟然在放聲大笑，還笑得幾乎喘不過氣來。

「也不是想讓這行遭殃啦，就是想，如果能讓房租降一點就好了。」我說。

「呼……呼……你把自己的不幸想得那麼厲害，卻只是想用在這麼丁點的瑣碎事嗎？」他仍然在不受控地發出「嗚嘻嘻」的笑聲。

「你不生氣嗎？我入行的目的，竟然是想讓這行遭遇不行，說不定還會累你失業的……」我雖然不太喜歡他那像在恥笑我的笑聲，但還是內疚地道。

卻沒想到，他一下子就收住了笑意，笑得散渙的眼神瞬間凝聚了，然後苦苦地笑了笑道：「我早就想退休了，畢竟，也沒有了努力的理由。」

這倒勾起了我的好奇心，但我還是努力地壓制自己那充滿興趣的語氣，準備禮貌又小心翼翼地打探，但他又搶先了我一步。「好了，到了，下車吧。」

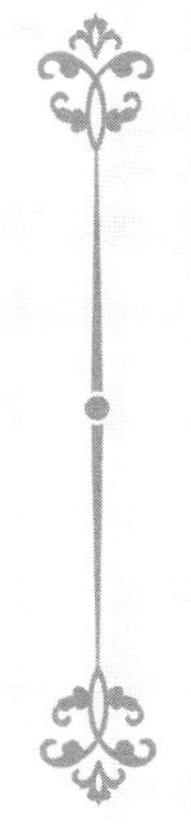

我們來到這區一個相當隱蔽角落處的一座陳舊唐樓，不，這唐樓的破落程度，與其說是陳舊，不如說已經是歷史文物的感覺了，我記得在讀公司的資料時就有提到，這區在十數年前有過唐樓倒塌的事件，叫我們對客戶要切記避而不談。而眼前這座文物，感覺比那倒榻的唐樓還要再年長過好幾輩，這真的是能交易的物業嗎？

「放心吧，這樓宇雖然舊，但保養做得不錯，不用怕會突然塌下來。」經理説。

「你怎麼知道我想甚麼的？」我嚇了一跳。

「呵，你一切都擺在表情上了。」經理説罷，便踏上樓梯，而我則遮擋著臉，希望能稍稍隱藏一下心中所想，然後才跟上去。

爬了足足七層樓的樓梯，才終於來到目的地，經理將門推開，我也跟了進去，卻失望地發現這是一間空無一物的單位，約有八百來呎，相當闊落，都快有我那破套房的十倍大了。

「説起來，經理你不是約了客戶四點的嗎？」我突然想這事，便問道。

「別經理、經理的叫了，叫我丹叔吧。提早來，是為了教你如何做真正的功課。」丹叔笑了笑，然後點起根煙，並將煙盒遞給我，我卻不識相地擺了擺手拒絕了：「對不起，我不喜歡煙味。」

「是嗎？」説罷，丹叔便在煙灰盒中壓熄了煙火。

「啊、啊……也不用這樣，這不是讓丹叔你犯煙癮難受嗎？」

「我沒有煙癮。」丹叔又取了一小瓶空氣清新劑，驅走周圍的煙味。

「那你為甚麼食煙？」

「為了社交啊，之前遇到的新人個個都食煙，我不食，就沒有與他們交流的場合了，而且還蝕了煙 BREAK。」丹叔黯然地喃喃自語道：「而且，如果這根小東西能早點帶走我也不錯。」

「是因為你家裡發生過甚麼事嗎？」

「你為甚麼會這樣想？」丹叔突然向我投來好奇地目光。

「你之前才說過，沒有了努力的理由，然後又想早點被帶走……」我一路觀察著丹叔的神情，以便在冒犯到他之際馬上收口，同時吞吞吐吐地說著：「我就想，你是不是妻子先走了一步，所以沒了生存目標之類的……」

卻沒想到，丹叔卻大笑了起來，甚至笑得眼角飆出淚水：「你這小子，看上去呆呆的，腦筋卻意外地好啊！」

「抱歉……」我一臉窘態，面對這種事，除了道歉，實在想不出還能給出甚麼反應。

「不過，不只是妻子，還有女兒……」丹叔苦笑道。

「啊、啊……對不起，我實在不知該怎麼安慰別人……」

「那你就和我死去的女兒冥婚吧。」丹叔突然嚴肅地道。

「吓？可、可是……」我的聲音抖得如危坐高處的小狗：「我怕會害你變得不幸……」

「我不怕。」

「那、那……好吧，如果這能讓你高興一點，那我就答應吧。」我完全不知道為何自己會這樣說，但這句話就這麼從我的嘴裡跳了出來。

「真的嗎？你這傻小子，怎麼能隨便答應別人這些事啊？哈哈哈！」丹叔又大笑起來，這次更是笑得連表情都頑皮了許多：「何況我女兒死時才九歲，怎麼能讓她嫁給你，我不許！」

「嗚，原本你是在尋我開心……」我羞得臉頰溫熱，恐怕也紅得像番茄了，所以我便用雙手擋住，卻又變成了很少女的害羞姿勢，唉，人生真難。

「抱歉、抱歉，我只是想嚇嚇你，沒想到你還真的答應。」丹叔滿臉笑意，一點都不像在道歉。

「你太百厭了。」我回嘴道，卻沒想到他又噗哧一聲地笑了。

「好了，笑說完了，來工作吧。」丹叔拍了拍臉頰，從新裝回那嚴肅的表情，但我望上去，卻一點都不嚴肅了。

「剛才你說是來做真正的功課，那甚麼是真正的功課？」

「你這兩天在辦公室對著文件讀資料就以為是在做功課，對不對？」我點了點頭。

「你們這一代人，是不是已經沒聽過『讀萬卷書不如行萬里路』這句諺語了？」

我又再點了點頭。「反正嘛，你要知道，你賣的是房子，不是資料，沒甚麼比親身來體會一下更好。」丹叔教誨道。

這我當然知道啊，可是我才入職兩日，如果不是有你帶，哪有資格去親身體會啊？當然，我沒將這話說出口，我可不傻。

然後，丹叔便開始向我講授他的心得，例如如何辨別單位狀況的基本知識，透個有技巧的發問去發掘顧客的需求，還有周遭環境對單位的影響，例如這個單位附近就奇怪地既有廟宇又有教堂，而且還是一個不知名的奇怪教會的教堂，那就要盡量避免提及，就算顧客發現了，也要將話題帶往這些建築有利風水的方向去，不要讓他們聯想到深夜時獨自經過這些建築時的情景。

「真奇怪，明明是求神拜佛讓人心安的地方，怎麼一到夜晚就會讓人心裡發毛呢？」我說。

「畢竟人類太無知，很多人就算在拜神，其實心底裡都不確定祂們是否真的存在。」丹叔又再黯然，似乎他又想到自己的妻女。

我在想該如何轉換話題，卻又給他快了一步，可惡，他會讀心的嗎？還是我的表情真的這麼好懂？

「你說自己之前是搞初創公司的吧？」他挨在窗邊，望著窗外廟宇焚香緩緩升起，笑問：「你們多少人一起搞？是搞哪一行？我最喜歡聽年輕人奮鬥的故事了，說來聽聽吧。」

「不是我搞的，我只是被拉入夥而已……」我說著說著，竟覺得有點神傷，連聲音

也沉了起來，我不想讓氣氛變沉，於是提了提聲才續道：「我們是個十二人的小團隊，雖然年齡差有點大，但相處起來卻還不錯，可能是因為我們各自都有些……呃，難言之隱吧？不過，因為大家都是習慣了獨自生活的人，所以剛組成團隊時也發生過不少爭執，但隨著工作上愈來愈順利，大家之間的隔閡正慢慢地消除。可惜，當我以為我們快可以交心之際，我們團隊中最重要的皇牌卻失蹤，似乎還牽涉到些不可告人的事，所以我們的隊長就直接將組織解散了……」

奇怪，為甚麼眼角會濕了，鼻腔也突然變得酸澀。丹叔拍了拍我的肩膊說：「捲款潛逃在初創公司中並不罕見，是那人不好，你別怪自己。」

「不，他不是那種人。」我擦了擦失控的鼻水，然後說：「當初團隊就是他和隊長二人成立的，他們邀請了身懷不同才能的精英入夥，卻又沒眼光地選上了我，雖然我已經很用心用力了，但運氣可不是努力就能改變……而且，團隊會解散，或許就是被我天生的惡運纏上了……」

丹叔再次將手放到我肩上，卻不再只是輕拍，而是用力地揉著，這時我才發現他的手掌很大、很溫暖，是我從未體驗過的感覺。

不過我畢竟還在上班，怎麼可以感情用事哭崩鼻子呢？所以我馬上用手袖擦了擦眼淚及鼻水，然後露出招牌笑容，問道：「好了，不說這些了，反正我都找到新工，繼續教我吧，做地產經紀還有甚麼需要注意？」

「要注意，別用衣袖擦口水鼻涕。」丹叔笑著向我遞上了一塊手巾，我感激地接過，這手巾雖然款式老土，但卻很新淨，所以我不太敢用來擦口鼻，所以他再補充了一句：「送給你，這你就不用在意會弄污他了。」

我尷尬地問抓了抓臉頰問：「我的表情真的那麼容易看穿嗎？」

「呼呼，我從未見過像你這樣一眼就看懂的人。」他又嗚嘻嘻地笑了，然後離開了窗邊，認真地說道：「做地產經紀，除了要認識自己的樓盤，更重要的是要了解我們的客戶，畢竟世界上沒有完美能滿足所有人的樓盤，每個客人都有自己的個性及需求，你愈快了解對方，就愈容易完成交易，你待會就好好觀察我的客戶，分析一下他是甚麼人，我再看看你有沒有相人的慧根。」

「好！」說畢，丹叔便繼續教我各種知識。

時間不知不覺就過去，單位的門鈴響起，丹叔的客戶到了，我馬上站到不礙事的一旁，等待丹叔去迎接對方，並嘗試觀察及分析他。

門扉推開。紅！血紅！腥臊的血紅奪門而入！

一大團一大團，黏稠嘔心的血紅色惡運，不，那已經不能用惡運來形容了，那簡直就是死神的氣息，直將我吞噬淹沒！

然後，我見到一個身穿血紅色三件式西裝的俊美青年。

他看著我。

他，似乎看穿了我能看到不尋常之物。

第五章 薛丁格的默許

《筆記·1》

這一系列筆記的記錄對象，是一個由十二個鏡之民所組成的團隊，由於記錄對象的目的是以任何手段取回屬於各鏡之民部族的寶物，所以其性質屬於俠盜團。而這第一篇的筆記，主要記錄該團齊集十二個成員後的第一次行動。

事先聲明，筆者本來的計劃只是成為一個旁觀者、觀察者，可惜卻意外地在一次運用時光筆時，被專門用以檢測神秘波場的電子設備記錄了下來，而開發那設備的研究室，正正受到記錄對象的隊長以網絡入侵，所以便被其記錄了下來，並在後來組成記錄對象時，特地來邀請我加入成為他們的一份子，而薛丁格檢測儀並未響起時間線偏移的警報，因此筆者推斷自己的存在感不足以引發偏移，只要繼續保持低調，相信不會引起漣漪，所以便決定順從隊長的邀請加入，並以成員身份於記錄對象內部作第一手觀察及記錄。

為了讓本筆記更清晰，將會在必要時加入成員檔案以作介紹，首先從記錄對象的隊長開始。

● 成員檔案1·隊長

記錄對象為了保護各成員的私隱及安全，所以都以代號互相稱呼，而「隊長」，正正是隊長的外號。

隊長雖然是隊長，卻不是記錄對象的發起人，在加入記錄對象前，是一名暗網黑客，極度擅長電腦的操作及數據的處理，但從其身形可以看出，他不是那種長期窩在黑暗房間中的典型黑客，筆者曾以開玩笑形式試探他，他說是為了在被揭發時能逃跑，所以有保持運動。至於其他生活習性及外表，均與人類相近，根據現有資料，只能姑且推測他是亞人或特異人類。

至於發起人會選擇由隊長而非自己來擔任一團之長，在往後相處的日子中逐漸明瞭，他不單從未向其他成員透露過發現筆者的原因，同時亦能經常發現故意隱藏存在感的筆者，並給予關懷，可見隊長非常守信及可靠，並意外地擅長照顧人——

啪達啪達的鍵盤聲突然停了下來。

用筆記簿電腦記錄著筆記的，是一個瘦削的男子，留著一頭顯眼的中分長曲髮，有著一對戴滿鬼主意的眼，以及一張似乎不懷好意的嘴。他沉靜的坐在咖啡廳的死角處，明明外表頗為張揚，卻不知為何讓人難以察覺其存在感，他甚至連咖啡都沒點，就一路默默地揮動著手指，直至此刻。他瞪大了雙眼，然後抬起了頭，向著虛空不可置信地自語道：「天啊⋯⋯我當時怎麼沒看出隊長說要解散背後的意思？明明那麼明顯！我是蠢材嗎？」

「不不不，都是因為他對人的關懷都太不著跡，若不是事後回想，甚至都不會有印象！沒錯，不全是我蠢，還有再加上當時那混亂的氣氛……等等，還是說，其實連當時的氣氛都是他特地布局出來的嗎？」他將手掌覆蓋在臉上，深思著當時的情景，不禁嘆道：「那家伙，真是甚麼都喜歡自己一個扛！這不是讓我們看上去都像蠢材了嗎？」

他一臉不滿地站了起來，蓋上電腦，打算動身去找隊長，卻又想起自己的身分，只好無奈地坐回位上，將臉埋入雙手之中。

他是一個來自遠方的旅人，是一個記錄者，而他在團隊中的代號就叫記者，他肩負著一個不為人知的任務，負責記錄這個時代，記錄他所加入的這個團隊，但同時，記者亦受到規條所約束，不能干涉時代，他身上注入了一片沙粒般大小的薛丁格檢測儀，能檢測時間線有否偏移，一旦偵測到稍有偏移的可能，就會發出警報，注入者若不加理會，將會被抹消其在此端與彼端的存在。

「我不想消失啊……」記者認知到自己的命運及使命，於是再度掀開電腦，一臉像是截稿日在即，但他卻連半個字都沒嘔出來般，扭曲而痛苦，卻又無可奈何地，只能繼續他的筆記。

——隊長是筆者第一個認識的記錄對象成員，正如上述，他在一次入侵研究室時發現了我所使用的工具所發出的波場，並同時具備足夠的知識及想像力，以理解筆者的存在有多特殊。但他並沒有第一時間找上筆者，而是默默記在腦中，直至後來要組成記錄對象時，才登門邀請筆者。

●成員檔案2．教主

由於登門邀請筆者的，除了隊長，還有代號為教主的發起人，所以在此插入教主的介紹。教主看似是一個謎團重重的人，一直躲在隊長身後，明明是發起人，卻很少當著一眾成員訴說自己的目的，只知道他自稱組成記錄目標的原因，是為了從人類手中奪回鏡之民的寶物，但相信背後還有更私人的原因——

「這樣看來，教主那次單獨出行的任務，一定與他那背後的原因有關。」記者再度停下了手，並開始咬起指甲，同時口中唸唸有詞地道：「可惡，真想跟著去八卦一下。」

——雖然教主在目的上充滿謎團，但其他方面卻又顯然易見，例如其種族，從其外型、蒼白的膚色、比常人尖銳的犬齒、不喜歡陽光，加上行動時的身手及變成蝙蝠及霧化的能力，都明確地表示他是常人印象中吸血鬼或殭屍這一類的存在，而由他偶爾使出的血鞭可看出，他是偏向吸血鬼的血族而非偏向殭屍的屍族——

「血族和屍族到底有甚麼分別？」記者抓了抓頭：「明明讀書時有教過的，竟然全都還給老師了……唉，算了，不想查資料，這裡就含糊帶過吧，將來整合成報告時就故意寫得一副我相信老細知道他們的分別，所以就在此不贅的感覺好了。」

——性格上，教主是一個內斂、專注的人，在面對自己有興趣的事時，會忽略外間的呼喚，沉醉在自己的世界之中，由此可見，他選擇了隊長作為領袖，而自己退居幕後是相當明智的，亦可見他並不計較權力與名聲。

● 登門邀請

介紹過兩名登門邀請筆者的成員後，正式開始記錄這段經歷。雖然這次登門邀請，是筆者首次與他們相遇，但卻並非突如其來的登門，早在此前，他們就已經先通過電郵寄出邀請函，說明了來意及組成目標對象的目的，隊長更是老實地說出得知我存在的原因，然後再相約見面詳談的時間地點。本來筆者對此相當猶疑，但由於薛丁格儀並沒有響起，便嘗試接受邀請。

於是筆者便邀請他們來到我的工作地點，一間位於工廠區的連鎖咖啡廳。在約定的時間，他們如鬼魅一般突然出現在我的身旁，他們手中甚至還各拿著一杯飲料，隊長的是黑咖啡，而教主的卻是可疑的紅色液體——記者抬頭望了當天他們所坐的位置，現在雖然都坐著人，但顯然他們都沒留意到記者的存在。

「他們竟能一眼就發現我。」記者笑了笑，無奈地道：「我好歹是這方面的專家啊，真是不給面子」他隨手取過身旁客人那杯還未喝過的焦糖咖啡沙冰樂喝了兩口：「嗚哇，甜死了！」然後便放了回去，那客人卻毫不察覺地開喝。記者將注力放回電腦上，並回想著當時的情景。

——由於觀察員必須在盡可能接近的距離進行各種觀察，所以非常看重隱藏個人存在感這項技術，而筆者亦自認是其中的佼佼者，卻沒想到在他們面前，不單未能隱藏自己，甚至還要到兩人靠近到身側，才發現他們的存在。雖然筆者心中已有個模糊的答案，大概是隱藏存在感，對筆者來說，只是工作所需的技術，但對這個時代的鏡之民來說，卻是活下去所必需的本能。

然而這又牽涉到他們對我身分理解的深淺，於是筆者便忽略禮儀，直接詢問他們能發現筆者的原因，卻得到了出乎意料的答案——

「不是因為甚麼技術或本能，只是因為我們理解孤獨者的心境，在這茫茫眾生中，唯有角落，方是無伴之人的歸宿，畢竟我們都是鏡之民，活在傳說與謠言之間的異類。」

記者回想起教主當時的話語，竟不禁讓五官抽搐了起來，明明當時他還評價這番話只是過份浪漫主義下的產物，沒有太大的實際意義。

但在經歷過與教主、與隊長，以及與各成員相處並一同生活過後，這段話忽然變得很沉很重。

——然後，在補回簡單的問候後，他們便直接進入主題，詢問筆者是否有需要奪回的寶物，或是一個屬於同類的棲身之所，並表示加入記錄對象後，只要貢獻自己的能力去完成行動，就會盡他們所能保證各成員的人生安全及私隱，而且還會提供住所及薪水——

「就是啊……都開出這樣的條件了，即使我不是觀察者也會想加入啊……」記者歪了歪顫抖著的嘴角，再繼續埋首筆記。

——同樣，由於薛丁格儀的並未鳴響，所以筆者便加入

加入成為

筆者

我——

記者不斷輸入著無意義的文字，然後又將之刪去，持續了好一會，他才終於接受自己內心的波動，坦然笑道：「我真是個蠢材，本為了放下他們所以才打算全程投入工作，但我的工作不就是記錄他們嗎？這樣每字每句，都像在強迫我自己去面對他們一樣……」

記者摸了摸薛丁格儀所植入的手腕位置，柔軟而微暖，而且平靜，只有脈搏起伏的緩緩波幅，就像身體的其他部位一樣，全然不覺得這裡面竟藏有一小片能抹殺自己存在的儀器。

「你不響，我就當你默許了啊？」記者敲著手腕問道，還裝模作樣地等了等，然後便露出狡黠的笑容，並收起了筆記電腦，拿出一支4A電池般大小的儀器出來，然後塞進了耳孔之中。

這儀器就是時空筆，其中一個功能是完整記錄當下的情景，令使用者的意識可以以第三身的角色，重新檢視一遍當時的情景。塞入了時空筆後，記者的視線便開始模糊，他趕緊坐好，調整好姿勢後，便迎來了眼前一黑，意識開始被抽離到時空筆所記錄的場景。

記者眼前浮現出一間十九世紀歐洲風格的房間，法式橡木長桌、刻滿雕飾的柱、血紅色的絲絨窗簾，還有個這城市根本用不著的壁爐，但同時又放滿了現代化的電子設備，正是他們解散會議的地點。

這是眾人逐一離去的一刻，幾乎所有的成員都已離開了房間，只餘下武器大師與隊長，但都停頓了在那一刻，二人當時似乎正在對話，至於記者則借助大門遮掩著身姿，並用手中的時空筆靜靜地記錄了這一段情景。

記者的意識從那正在偷錄的記者身上抽離而出，他得意地望著當時的自己笑了笑，再自誇道：「不愧是我，竟然早有準備。」然後，記者便開始在房中調查。

「嗚哇！」正在調查房中暗處的記者突然高叫道，這暗處竟站著一個人！

記者定睛一看，才發現那人竟是老師。

「老師不是早走了的嗎？怎麼會躲在這？」記者拍著心口道。然後，他又繞到隊長所在的辦公桌去，卻見電腦上還是顯示著當時那幅，以血字寫著「解散」二字的照片。

「這時間點似乎沒甚麼有用的資訊呢。」記者將手指點在太陽穴上轉了兩圈，周遭的人物便如快鏡一般推進，武器大師不一會已跑似的離開了房間，而隊長則坐到座位之中，抖了抖之後，多呼喚了兩個熒幕和鍵盤上來，然後開始用電腦調查著各方面的資料。

記者曾一頓一頓地調節時間，以仔細地觀察隊長所調查的資料，例如教主單獨行動所潛入的那棟大宅的業權、租約，以及以 AI 協助調查那「由」字符號。

於是，記者也知曉了盧希梵會的事，同時亦見證了老師現身，並勸止隊長不要再調查下去的一幕。然而，薛丁格的默許仍然持續，那記者的調查步伐就不會中斷，甚至，在線索的引導下，他騎著綿羊仔，來到一個廟宇與教堂相鄰的舊區，而且那教堂還不是常見的天主教或基督教教堂，而是一個不知名的奇怪教會的教堂，那教會的名稱，正是盧希梵會，亦是記者這次的調查目標。

只見盧希梵會裡，有幾個身穿著酒紅色西裝的人，有男有女，外表都是二、三十歲左右，他們的神態比起信徒，更像是保鑣。其中一個拿著一個扁平的金屬小酒壺細酌，從壺口滲出了紅色的液體，但那種紅卻不是紅酒的紅，而是血紅。

那細酌完的人放下酒壺後，便四處張望，視線掃過了藏身於對面梯級處的記者，然後，其眼神凝住了，並開始聚焦。

第六章 海之住民

在大嶼山西南邊盡頭的海角有一座簡陋的燈塔，日夜守望著這城市的邊陲，這座燈塔座落於分流角，所以被稱為分流燈塔，而此處之所以名為分流角，剛是因為從此處眺望，能發現海洋的分界線，那是江水與海的交點，也曾是一個神秘種族居所的入口。

如今這個人類文明尚未完全入侵，只能徒步進入的海角，早已不見那些傳說的痕跡，卻仍然有不少旅人特地到此一探分流奇景，亦偶爾會有人到此緬懷。

此刻，燈塔上坐著一個男子，正直勾勾地望著大海上的交界處，海風肆意吹亂他那頭側分的短曲髮，卻始終吹不合他那望穿江海的雙眼。他，亦是團隊的其中一員，代號為教練。

「喂，朋友，在上面不冷嗎？」不遠處有四個行山客向著教練呼喊，雖然海風凌亂，但教練還是將行山客的話語收進了耳內。他本不想搭理，但那四人見他沒有反應，於是又再叫喊，聲線中甚至帶有些慌亂，為了不讓他們胡思亂想，教練惟有轉過頭來，露出應對客人般的工作式微笑，卻仍然掩蓋不了他有點看不起人的傲氣，不過他還是禮貌地向他們揮了揮手，示意自己沒事。

那些人卻沒就此離開，反而走了過來，這天他們似乎是鐵定要聊了，教練無奈，便翻下了燈塔，行山客以為教練終於認命要來迎接他們，卻沒想到待他們來到燈塔後方，

才發現已經人去樓空，除了徐徐起伏的大海以及呼嘯的海風外，就沒其他在活動的東西了。

「抱歉，目標逃跑了。」其中一名行山客對著藍牙耳機報告道：「不過相信只是不想被人打擾，並不是發現我們的身份。」

至於其他三人，則脫去了厚重的風褸，露出穿在裡面的酒血西裝，並在燈塔四周搜尋著甚麼。

這城市海域的最東側，一個無人知曉的小島對出的海面上，突然躍出了一個人影，在藍天白雲的映襯下，讓這一幕彷如人魚童話一般。只是認真地細看，會發現那人的手腳上真的長著蹼和鰭。

經過兩三次的魚躍後，那人已來到岸邊，只見他甫踏上沙灘，手腳上的蹼和鰭便縮到了皮膚之下，提著一個防水袋的他，即使只穿著沙灘褲，看上去亦和普通人毫無分別。他用手指整理了一下被海水弄成一團的髮型，重身將頭短曲髮梳回成側分，正是教練。

他在沙灘上走著走著，身邊的沙突然開始下陷，形成了一個一個小孔，一個一個小孩突然從中躍出，並撲向了教練！

卻沒想到，教練手輕輕一轉便將撲來的小孩一個一個的卸了下來，然後他們便相視而笑。

「大哥哥，你不是要去上班教人類游水的嗎？」其中一個小男孩問道。

「我每年都在秋天開始放假的，你不記得了嗎？這季節對人類來說太冷了，所以都沒人來上課，正好讓我可以從那亂七八糟的人類社會逃回來，好好放假輕鬆一下！」教練笑道。

「那我們要的貨呢？」小孩們心急地圍上來問道，然後教練便從防水袋中掏出一把糖，灑向四周，然後笑著望住一眾小孩慌忙地搶糖。他也留了一顆給自己，撕開糖紙放入口中，只有一股不自然的香料及僵化的死糖味纏住口腔，他皺了皺眉，不屑地說道：「真不懂這些糖有甚麼好吃。」

「哈哈，大哥哥的口吻好像老爺爺啊！」小孩們一邊吃著糖一邊恥笑著教練。

「甚麼？竟敢說我是老爺爺，信不信我收回你們的糖！」教練生氣地站了起來，裝著要搶回小孩們的糖果，小孩們笑著一哄而散，只有小男孩一副看透了教練的技倆，吃著糖果看好戲的模樣。

「怎麼樣？習慣了人類的社會了嗎？」小男孩問。

「還說我的口吻像老爺爺，你這話不是說得比我更老成嗎？」教練不滿地撇了撇嘴。

「我可是在學你啊。」

教練感到無言，過了一回才答道：「哪可能習慣，別說外在的環境，單是人類自己內部那種爾虞我詐，已經讓我想作嘔了，要不是男丁們成年後有義務要到人類社會潛伏，我才不願跟人類相處。」

「那真是辛苦你了。」小男孩拍了拍教練的肩以示安慰。

「哼，你別以為能置身事外，再過幾年就輪到你們了！」教練道。

「呵呵，我可是很期待呢！」男孩天真地說：「那就可以天天吃糖了！」

「我真搞不懂你們這些小孩。」教練沒好氣。然而，另一把聲音卻從其身後傳出：

「你又沒大他們很多。」

教練不擰過頭去看，也已知道來者何人，畢竟這聲音他自小已經遇上，一直聽到要進行潛伏任務才能擺脱。那人正是族中的學士，是一個滿頭白髮，卻依然精神飽滿的長者，作為最有學問的長輩，他肩負了教育族中所有人小孩的責任，這自然也包括了教練。

「學、學士，你怎麼也來了……」教練聲音中的氣焰馬上就枯萎了。

身披鯊魚皮製袍服的學士卻沒有答話，只是向教練攤出手板。

「連你也要嗎？」教練無奈地遞了一把糖果給學士，然後學士便津津有味地吃著，惹得教練又是一臉不屑。

「你這是甚麼表情，你是不是在陸上待久了，已經忘記海底的感覺了？」學士嚴厲地問，嚇得教練馬上挺直了腰肢，教練趕忙辯道：「才、才沒有忘記啊！我每分每秒都謹記著自己是甚麼人！我可是海之民，同時也是守護這片海洋的巨龍！」

「那你怎會不理解糖果的滋味呢，巨龍？唉，連綽號都取得這麼……你所守護的大海啊，就是一大灘鹽水，還是超高濃度的，所以在海裡面無論吃甚麼都是死鹹死鹹的，所以這些死甜死甜的糖果才會如此吸引我們啊。」學士認真地解釋，而小男孩則在身旁

用力地點頭贊同著。

「那怎麼不見其他大人們愛吃呢？」教練道：「會找我要糖果的可只有你和那些死小孩啊。」

學士聞言吐了吐舌，再與小男孩對望，然後大笑了出來，便說道：「你的口吻比我還像老爺爺啊！」

教練被二人笑得臉都紅了，氣得別過臉去，不理會他們。那一老一少笑夠之後，學士便問道：「說起來，你的義務潛入期也差不多屆滿了，之後打算如何想好了嗎？」

教練無力地笑了笑答：「就回大海，還來怎麼打算？」

「啊？早前問你時，不還在煩惱的嗎？」學士打量了一下教練才再說道：「怎麼，是和新朋友們吵架了嗎？」

教練想裝作平靜，但他的手已快要將防水袋給捏變形了。學士見狀便說道：「呼氣。」

這是學士教導學生們平復情緒的小技巧，他的每個學生一聽到這兩字，就像是按下了按扭一般，隨即照辦。深吸了一口氣，教練亦馬上平復了下來，將堵在喉頭那些苦澀的字句，逐一逐一的吐了出來：「不是吵架，只是……解散了而已。」說完，他又裝作一臉釋然，故作爽朗地笑了笑，但都逃不過學士的法眼，學士說道：「所以，你就又用族人當藉口，逃了回來嗎？」

「甚麼啊？你是怎麼聽人說話的？是他們自己要解散的！既然解散了，我還不走幹甚麼？」教練氣急地解釋。

「但你可是一臉委屈的樣子啊？」

「哪有，別亂說！」

「傻小子啊，你不要總是將上次我們全族遷徙的事，當成是你們那一代人的責任，那只是時勢所迫而已。」學士說道：「而且我們一族還未軟弱到要你一個初出茅廬的小子擔當守護者。」

「可是——」

然而，沒等教練把話說完，他和學士便同時感一股到不尋常的氣息靠近，循著氣息望去，只見十數隻毛色形態各異的蝙蝠正向他們身處的小島飛來。

作為教主的夥伴，教練馬上明白來者何人，而見多識廣的學士亦瞭然於胸。

來者，是血族，一群血族。

血族們的飛行速度比真正的蝙蝠快得多，沒等教練準備好，他們已降落到島上，並化為人形，他們有男有女，每個都穿著酒紅色西裝，同時架著太陽眼鏡，為首的男血族手中還握著一個扁平的金屬小酒壺，壺口處圍著一圈已經發黑的血跡，他提起喝了一口，才發現壺已經空了，便悻悻然地收回西裝內袋中，然後望向教練，態度馬上變得恭敬有禮，像紳士一般問道：「閣下是否代號為『教練』的知名無名俠盜團成員？」

教練馬上擺出迎戰的架勢，雙腳一前一後地微曲，一手攤向對手，一手藏於背後，不斷向著學士及小男孩揮著，示意他們盡快撤退，同時向來人問道：「你們是甚麼人？為何會知道俠盜團的事？還有為何能找到這裡來？」

「鄙人乃血族之王的一名下人，名為索諾拉。」索諾拉躬了躬身說：「至於其他問題，還請原諒鄙人無可奉告。」

「那你是教主的人，還是令教主失蹤的人？」教練的雙膝彎得更曲了。

「閣下不必心急，鄙人此次前來，就是來讓你們相聚。」索諾拉說畢，便向手下們揚了揚手指，示意他們進攻。

然而，沒等他的手下們展開攻勢，教練便一個魚躍衝向了索諾拉，只見他雙手在身前交叉，形成一個拳錘，再以魚躍的姿態，將全身的力度聚到拳上，並撞向對手！

索諾拉一時反應不及，被擊了個正著，不單口吐鮮血，更被直接撞飛了十幾米，幾乎都要飛到海中，他的雙腳卻突然伸出了尖爪爪住沙地，同時張開西裝成翅膀的狀態，煞住了去勢。他抹了抹嘴邊的血，再望向教練，卻已不見了他的身影，而手下們竟全都望向同一個方向——海中。

教練從海中旋身飛出，再度襲向索諾拉，這次卻是雙手化爪，準備一舉擒獲。索諾拉亦用雙手擋架，二人便互相握住對方雙手，打算用蠻力擊倒對方。然而，教練的力度卻遠遠超乎了索諾拉的想像，而他亦是此時才發現教練的手腳上長出了蹼和鰭。

「這就是盧亭的真面目嗎？」索諾拉笑問。

「別用那個名字稱呼我們！」教練爆發出更大的力量，直將索諾拉的小腿埋入了沙灘之中。

盧亭，又稱盧亭魚人，是相傳居於大嶼山一帶的半魚半人族，關於他們的身影，最

早於東晉時代已有記載，是這個城市最古老的都市傳說之一。但對於魚人來說，盧亭一名卻是由人類隨意安插的名號，在這千多年間盛載各種的蔑視、不屑、迫害甚至屠殺，所以他們極其厭惡這個稱呼。

索諾拉明白，單憑力氣是無法應付魚人，於是便鬆開了雙手，然後化成血霧繞到教練身後，重重地劃了一爪，待教練轉過身來，他又霧化到另一邊攻擊，就這樣將教練玩弄於股掌之間。

同時，索諾拉的手下們亦沒有閒著，向著學士及小男孩走去，打算捉作人質，教練見狀急得大叫：「不是示意叫你們走的嗎？怎麼還留在陸上！」

學士卻嘆氣搖頭道：「我剛不是說過了，我們一族還未軟弱到要你一個初出茅廬的小子擔當守護者。」然後，他便脫去鯊袍，露出一身不合乎年紀的精壯肌肉，以及被歲月磨得銳利堅硬的鰭，連身旁的小男孩也運勁擠出一身人類小孩難以見到的肌肉。

二人抬起手，從掌心一個不起眼的小孔噴出了壓縮過的水柱，將身前兩個化成血霧的血族們直接衝散，要多花十倍的功夫才能重聚成人形。

「看來你真在陸上等久了，都忘記自己是甚麼人。」學士嘲諷地甩了甩手。

「因為在陸上補給海水困難，我才不輕易出這一招而已……」教練說著，同時亦噴出水柱驅趕索諾拉。

索諾拉好不容易才聚回人形，但神情卻依然是有禮之餘充滿自信，他笑著指揮手下不要輕易出手，而是將三名魚人團團圍住，並道：「雖然這招對我等血族來說很難應付，但恐怕只要我們不讓你們補充水份，光靠體內的儲存，總有用光的一刻。」

教練明白對方說得沒錯，在又氣又困擾之下，五官都揪成了痛苦又惱怒的形狀。

「呼氣。」

學士這一句，卻讓教練馬上回復了冷靜，但他還是想不出解困之法，便問道：「該怎麼辦，這樣下去，就算水沒用光，我們也會被太陽曬乾。」

「你還是不夠成熟，怎麼能當著敵人的面說出我們的困擾？」學士笑道：「而且你亦不夠知己知彼，對方可是血族，在畏懼陽光這方面，他們更勝一籌。」

「那……等？」教練。

「還是那句，我們一族還未軟弱到只能靠你。」

說罷，學士吹響了腰間掛著的螺殼，不一會，海中便直冒出近百條水柱，水柱的尖端，是一個個精壯的魚人族戰士，只見他們手執武器，身披鱗甲，降臨到沙灘之上，將血族們反過來團團圍住。

「哥……你們竟為了我、我們……」教練望著領頭的魚人族戰士說。

「別表錯情了，我們是為了族人而戰。」教練的兄長燦爛地笑道。

「說了吧？我們有能力保護自己，待戰士們處理完這班入侵者後，你就去做你真正想做的事吧。」學士說。

「不，我要生擒這帶頭的家伙！」教練望著索諾拉，磨拳擦掌地笑道：「迫他從口中吐出我夥伴的消息，正正也是我當下最想做的事。」

第七章 電子情人

落日的餘暉尚未完全褪去，血一般的紅月已在不知不覺間高懸，為昏黃的天空披上一襲夜色。X先生獨坐在盧希梵會的露台裡，虔誠地望著血月，舉起盛滿鮮血的彩金琉璃杯，然後向著夜空一揮，滿杯的鮮血便化成點點血星，飄向夜空，化成獻予血月的祭品。

X先生將雙手疊在兩肩，向著血與月與夜祈禱道：「願血月永懸。」

然而，在X先生這寧靜的禱告時刻，卻迎來了不速之客——他的手下索諾拉。

化身成蝙蝠的索諾拉在遠方狼狽地拍動著雙翅，忽高忽低地在空中掙扎，還未知道他所侍奉的王已察覺到他的存在，卻不知道他打擾了王的儀式。

但當盧希梵會終於出現在他的視野時，他還是知道了，一襲比夜幕還要深沉的恐懼罩住了他的思緒，讓他無力再揮動翅膀。既是一個敗軍之將，還有何顏面見王？

索諾拉這樣想著，也就放棄了掙扎，直直地墜向地面，卻沒墜一會，就被一團輕柔的血雲托起，然後將他送到王的面前。

索諾拉在剛到露台之際，便馬上化回原形，踉蹌地跪拜X先生，X先生卻沒等他那滿是傷口的雙膝觸地，已用血雲將他扶起並安置到身旁的椅子上，同時讓血雲凝聚在他全身的傷口處為其療傷。

「吾、吾王啊……」索諾拉顫抖地開著口，卻不知該先說甚麼好，是感激王的無上恩賜，還是懺悔自己的無能？

X先生卻先一步，問了個索諾拉無法理解的問題：「你是不是稱呼他們作盧亭了？」

「……對。」一頭霧水的索諾拉頓了好一會才從喉嚨中擠出一個字。

「呵呵，那就是你不對了，就像我們血族不歡喜被稱為吸血鬼一樣，他們海族亦不喜歡盧亭這人類所取的稱呼，所以他們才會這麼動氣，把你弄成這樣吧？」X先生笑著說道，同時指揮著血星為索諾拉斟了一杯鮮血。

「吾王啊，為何要這樣對待鄙人這等戴罪之身……」索諾拉眼泛淚光，哽咽地道：「鄙人不旦沒能完成任務，甚至損失了一整隊血奴……」

「血奴那種低賤之物，損失再多，只要去捉人類來馴化不就行了？」X先生輕搭著索諾拉的肩頭道：「但你可是我的同族，若沒有了族人，那就算奪回了世界，實現了血月永懸的大願，也沒有意思了。」

索諾拉本身拖著重傷的身軀下跪叩首，卻被血雲沉沉地壓在椅，X先生只道：「不要搞螻蟻們的一套，我要的是手足，不是奴僕。」

「……知道！」索諾拉強忍澎湃的情緒，沉聲答道。

X先生滿意地笑了笑，然後又道：「說起來，那班海族是如何將你打得這麼傷的？是借了大海之利讓你們無法使出全力？」

「不……鄙人和血奴們是在岸上和他們交戰的，雖然他們人數比較多，但本身也很強。」

「這樣啊？離開了這麼久，沒想到這個城市變得這麼有趣，竟藏了這麼多臥虎藏龍之輩。」X先生坐到露台邊緣，眺望著正散去血色的銀月道：「我早前為血奴們物色住處時，還遇到了一個神子。」

索諾拉一臉疑惑，X先生便解釋道：「即是神明與其他種族的混血兒，只可惜他遺傳到的神能，卻是糟得不可再糟，嘿。」

X先生手一招，血星便遞上了一杯鮮血，他晃了晃酒杯，然後輕呷了一口，稍稍品味了一會，才道：「看來我有點看輕兄弟了，還以為他的團隊只是過家家，但從遇到這些人的身手看來，說不定還有不少能手。」他再喚血星打開露台的門，門外站著一個女性血族，隨即向X先生行禮問道：「未知吾王有何吩咐？」

「夜燕，你們調查的那幾個目標，有甚麼新進展沒有？」X先生問。

「有一個已發現了其居所及工作地點，並已安排血奴跟蹤了，其餘的仍然行蹤不明。」夜燕答道。

「是冒牌驅魔人嗎？」X先生饒有趣味地問。

「不，這次發現的是那電子高手。」夜燕躬身道：「至於那冒牌驅魔人，其行蹤極為飄忽，到現在都還未發現其行蹤，實在抱歉。」

「竟然是那電子高手？還以為他是最難應付的，你們做得很好！」X先生興奮地讚賞，同時翻身躍下露台邊緣走向夜燕道：「來，讓我看看他躲在哪。」

「呃……只怕他與吾王的期待有所差距，他並不是為一般人所認知的那種電子高手……」夜燕欲言又止，卻讓X先生變得更為期待。

先達廣場。位於鬧市旺角的中心的先達廣場。

這是一個專門販賣及維修各種電子產品的，雜亂又喧鬧的商場。

由於這商場的維修店多的是，所以要在這芸芸店鋪中脫穎而出，持續經營下去，需要的除了維修技術，還有經營手腕、市場策略、行銷手法、入貨渠道、價格設定、地理位置、人際關係及運氣等等各種不同的能力。但偏偏，在這商場最偏僻的一個死角角落，就有那麼一間維修鋪，是單憑店主的手藝，就讓其店鋪在這龍蛇混雜之地屹立不倒。

這間店鋪的那面灰藍色招牌寫著「Never」一詞，似乎就是其店名，而其店主的行事相當神秘，總能在店鋪外面排滿人時，神不知鬼不覺地現身，同時，他維修電話亦極為隱秘，不會當著客人的面維修，而是會躲到店鋪的簾後。誰都沒見過他維修電話的模樣，不過也不要緊，只要能修好就行，而且這店主不單能修好，還修得飛快，而且不單修得飛快，修好電話的性能甚至會讓人覺得比剛買回來時還好，真是奇怪！但卻沒人嘗試過追問原因，畢竟是佔便宜的事，大家都不會太深究。然而，這天卻來了個異類。

Never 的營業時間是下午兩點，但即使已經快三點了，店門仍然緊閉，然而排隊的人仍然絡繹不絕，而且看上去似乎都沒有半點怨言，甘心地默默等待。這份默默，在店門終於敞開後，才稍稍變成了一小陣歡呼，然後那僵直了一個多小時的長龍，終於開始流動，而且還流動得頗為暢順，直至一個插隊的人出現。

那人身穿黑色襯衫、血紅色西裝背心及西褲，踏著傲慢的步伐逕直穿過排成之字的人龍，同時對排隊的所發出的埋怨、理論、不屑甚至謾罵，全都毫不理會，就像是將之都盡當是螻蟻之語。他甚至連店中的門簾上寫著的「絕對！不能進入！擅闖即時關店！」警告都不理會，直接闖進了店內，卻見到了意外的一幕。

店內唯一的人，相信就是店長本人，但他手上卻沒有工具，他所做的事也不像是在維修電話，反倒更像是在哄小孩哄女友一般，在電話旁輕聲細語。

「乖，我知你早已受夠那些無聊短片，所以不想再花精神去處理他們，但……」疑似店長的人説著説著，發現有人闖入，溫柔的神情馬上變得空洞，同時頭也不抬就想從他身後那隱蔽的後門離開，卻被X先生一句勸停了下來。

「我不是人類。」X先生笑道，同時暗施血星頂住了後門，不讓目標逃走。

「你是誰？」店長語調毫無起伏地問：「有甚麼事？」

「我叫X先生，是令教主失蹤的人。」X先生說：「現在正在尋覓他的隊友。」

店長這才終於抬起頭，瞪大眼睛望向來人，但其聲線仍然平如止水：「你要殺我？請便。」店長的態度讓X先生啞然失笑：「你打算不反抗嗎？」

「我不夠你打，然後退路亦被你封住，無處可逃，除了認命，也沒其他選擇了。」

「你不會覺得不甘心嗎？沒有未完的心願嗎？不打算求求情嗎？」X先生疑惑得興致勃勃。

「不甘心只是內在情緒，對解決困境沒有幫助。至於心願……我還搞不清甚麼是心願，但目標倒是有個。至於求情，我自己是判斷沒用所以就沒做，但如果你是接受求情的人的話，那我會求情的。」店長如是說。

「哈哈哈哈！」X先生不禁大笑了起來：「你們真是有意思！」過了好一會X先生才收起笑容，然後擺出一副不可一世的神情道：「據說你是個科學怪人，來，展示一下你的能力，若有價值的話，我收你做從僕。」

「科學怪人？」

「即是改造人之類的東西。」

「從僕？」

「啊，到了，我似乎還未自我介紹呢，真失禮。」X先生將手攤在胸前道：「吾乃血族之王，你可稱呼我為X先生，是教主的兄弟。本來是想清剿所有與吾弟有關連之人，但在與你們的幾位成員相遇過後，就改變了想法，我想先考驗一下你們，是否有招攬的價值。」

「所以就要我展示能力，可惜，我並沒有甚麼特殊能力，我只是比較擅長電子科技而已。」店長仍然毫無表情。

「想不到你也會說謊呢。」X先生冷笑了幾聲：「如果我不是闖進來的話，說不定就被你騙倒了。」

店長依然一臉木訥，卻被那滴自額角冒出的冷汗出賣了。X先生輕輕拭去那滴汗，然後續道：「從你剛才和電話對談，再加上那扇被我用血星頂住的電子門自己一直在嘗試開啟，這兩方面來推測，你的能力，是和電子製品溝通，對不對？」店長認命地閉上眼。

「真佩服改造你的人，竟然想到如此怪誕的能力。」X先生拿起剛才店長維修的電話，將血星滲入其中以作檢查：「不過是說了兩句，就讓這電話突破了本來的性能，真難以想像……你是賦予了他意識嗎？」

「不，他們有著自己的意識，我只不過是稍稍激勵了她一下而已。」

「所以，你們之前的任務，你都是靠一張嘴就將所以電子設備失控……不，倒戈了？」

「沒錯。」

「很好，你有成為我從僕的資格。」X先生笑著向店長伸出手掌。

但店長只是凝視著那手掌，遲遲都不作出回應。

「你能加入吾弟的團隊，就不能成為我的從僕嗎？」X先生面色一沉：「他開出了甚麼條件？為你竊回本屬於你的寶物？還是實現你的心願？」

「兩者都有，但不止於此。」店長閉目細想。

「我可以給你雙倍，不，十倍於此的報酬。」X先生自信地笑了笑：「只要你願意為我操縱這些螻蟻所製的鐵皮玩具。」然而，此時店內周圍的電話、電子設備等，都不約而同地閃爍及鳴響了起來，X先生以為是店長在控制著它們以聲東擊西的小技巧，所以一直沒將注意從後門及店長身上移開。只是那些閃爍與鳴響非旦沒有平息下來，反而傳播了開去，不一會，整個先達廣場的電子製品，包括火警鐘在內，都在失控地嚎叫，嚇得商場內的所有人都四散逃亡，不一會，整個商場已經人去樓空。

「你這麼做有甚麼意思？」X先生不解地問：「難道是不想傷及無辜嗎？」

「不，與我無關，只是他們生氣了而已。」店長環視著周圍的電子製品，露出了溫暖的笑容。X先生不屑地冷笑了一聲，店長亦隨之笑了。

「你笑甚麼？」X先生問。

「我找到答案了。」店長道：「我剛才一直在糾結，到底要不要成為你的從僕，畢竟我也認同你，成為你手下和成為教主的成員，似乎沒甚麼分別，何況你開出的條件更吸引。」

「但？」X先生冷冷地，先一步將店長所要説的連接詞説了出口，以催促他繼續説

下去。

「但，起碼他會嘗試理解我，接受我所重視的他們是有意識的。」店長隨即站起身來，而周遭但凡有熒幕或燈的電子製品，似乎都在呼應他一般，亮起了灰藍色的光。

「看來是談不攏了，唉，我是真的很欣賞你的能力。」X先生輕嘆一口氣，然後召出血星，隨其手指向前輕輕一揮，血星如劍般襲向店長！

店長輕蹬了牆壁，便已跳出了店外，他回身望去，卻見半間舖都被那片血星削走了。他自知難以匹敵，便馬上逃入商場中最錯綜複雜的巷中，然而，無論他再熟悉商場的格局，但每到巷子的出口時，都會被不知從何而來的血星團擋住去路。

當試過了所有出路都被堵住後，店長又回到了自己的店前，而X先生則挨著柱，雙手交叉在胸前，一副久等了的模樣。店長深知要想逃出眼前這血族之主的魔掌，就只有折斷其爪牙這一方法，所以他向著X先生伸出一隻手指，嗚——焦——聲響，一道藍光便從其指尖閃出！

X先生幾乎是僅憑洞察危機的本能驅使，才勉強避過了這疾如電光的一擊，他望向剛才所挨著的柱，已燒出了一個深不見底的小孔。小孔的深淵告誡著X先生不能輕敵，同時他亦察覺到店長舉起了另一隻手指。

嗚——焦——

藍光貫穿了X先生的胸口，然而他卻似乎毫無反應，仍然屹立原地，只是漸漸變得模糊。

霧化！全靠店長曾目睹過教主使用這招，才能馬上反應過來，轉過身去，卻不見X先生的身影。

「會喜歡繞敵身後，只是因為吾弟的霧化不夠隱定而已。」

店長回身望去，剛才那團逐漸模糊的身影突然變得清晰，X先生還留在原地。只是，血星卻繞到了店長的身後，凝成一顆BB彈般大小的小血珠，然後，貫穿了店長的肩膀。

沒等店長反應過來，血珠已繞到另一邊，貫穿了店長另一側的肩膀。

「呼，這樣要運你回去就容易多了。」X先生笑著整理衣領，同時凝聚著血星綁起已無力反抗的店長。颼——

是那熟悉的子彈聲，這次X先生卻已經反應過來，輕輕別過臉，不但完全躲開了子

彈，甚至還有餘暇觀察子彈的構造，那是一顆以銅錢錘成的子彈。

X先生望向子彈飛來的方向，只見一個皮膚黝黑、身型健碩、留著側分短髮的男子，身披一件短身道袍，只有右手執著一把手槍，正在瞄準X先生，同時邁著雄渾的腳步走向他。

「冒牌驅魔人，你竟然自己找上門。」X先生笑。

第八章 不才驅魔人

「才不是冒牌，只不過是沒有才能而被趕走而已。」武器大師不滿地道：「但你為甚麼會知道的？」

「我和驅魔一族已經正式建交了。」X先生說道。

「啊？自詡為人類守護者的他們，竟然能容得下你們這些吸血鬼？」

「你曾為驅魔人，應知血族不喜被人稱為吸血鬼，卻故意這樣稱呼我，是想故意激怒我麼？」X先生微微笑道：「不愧是被逐出了門派，卻還有臉用他們的名號招搖撞騙的冒牌驅魔人。」

「你說甚麼？」武器大師青筋暴現，準備趨前給X先生來個結結實實的一拳，卻被店長拉住了。

「你這家伙，怎麼用激將法用得自己反被激怒了？」店長輕聲勸道：「現在我們能倚靠的只有距離與人數，令他無法一口氣收拾我們，若你自投羅網，那已是半個廢人的我只能束手就擒。」

「抱、抱歉……一時衝動了。」

「我知道你的性格如何，同時也知道你是能聽勸的才會拉住你的。」店長苦笑道。

武器大師瞪大眼望著店長，店長疑惑地道：「怎麼了？」

「我還以為你只會對電話展露感情……」

「將心比心，我還是懂的。」店長無奈地道。突然，一道血光直刺向二人，武器大師馬上一腳蹬開店長，自己也借反作用力翻滾躲避，但血光之快，堪比店長指尖的電光，還是命中了武器大師的後背，但慶幸傷口並不太深。

「你們聊夠沒有？」X先生再將剛射出的血星凝聚向指尖，並逐漸沸騰成血光：「還打不打？抑或是想通了，準備直接投降？」

二人從新站穩後互相對望，只見店長以唇語說道：「為我爭取三分鐘。」武器大師微微點了點頭，然後轉向X先生，舉槍連射，同時說道：「寧死不屈！」武器大師的彈匣清空，卻無一發命中，X先生僅憑霧化，連動也沒動，就讓銅錢子彈全數落空。

「你之前不是用雙槍的嗎？怎麼這次只有一枝？」X先生笑問：「是沒有存貨了嗎？」

卻見武器大師將槍柄向後一掰，槍身就變成了劍柄，他將從腰間抽出彈匣插入柄中，再扣動扳機，槍口就冒出了一個個銅錢串連而成的劍身，他反手一推，將劍架在下巴前方說道：「上次之後，我已知道槍械奈何不了你，所以這次改換冷兵器了。」

「有趣。」X先生再將血星凝聚，這次卻是聚在掌中，然後他向身側一揮，血星變延展伸長，然後再凝結成血晶，化成了一根血色的權杖。

銅與血交錯，擊發出一陣震波，將武器大師震飛到牆邊，但X先生卻仍然屹立原地，向武器大師露出一抹挑釁的笑容道：「你的實力就只是如此嗎？那我可就要重新考慮是不是要招攬你了。」

「放心，無論實力如何，我都不會成為你的奴僕。」武器大師撐起自己渾身發痛的身軀：「倒是你，不是很討厭人類，視我們為螻蟻的嗎？我可不像店長，我可是徹徹底底的人類啊！」

「你對我眼中的螻蟻似乎有所誤會。」X先生一邊把玩起權杖，一邊解釋道：「螻蟻是指那些只懂抱成一團，依附在名為社會權力巨物之上的那群行屍走肉，只會聽從權力、潮流和集團意識行動的肉塊，不是螻蟻是甚麼？倒是像你這種被權力巨物逐出，不，你可不只是被逐，還被下達了追殺令，甚至還被抹消了所有在社會上存在過的證明。這樣的你，甚至被還有和權力巨物交流的我更契合鏡之民這身份。」

「這麼複雜的事，我可聽不懂。」武器大師咬緊牙關，緊握著劍，將劍尖瞄準X先生的心臟，那是他還是驅魔一族時所學到的知識，對付吸血鬼，就要瞄準心臟。他所手執的，是由九九八十一枚古銅錢串連而成的驅邪之劍，每一枚銅錢經歷過百年的日曬，灌滿了由歲月累積的靈力與烈日殘餘的陽氣，僅僅一枚已能收服上百隻遊魂野鬼。

但，他所面對的不是遊魂野鬼，而是吸血鬼之王，是他，甚至他曾經所在的驅魔一族都未曾面對過的高層次對手，這樣一想，武器大師突然明白為何他的前掌門會選擇與他建交。

但，他卻沒有選擇，不，是他選擇了不去選擇。眼前這人，不單是吸血鬼之王，還是一手摧毀了他棲身之所的元凶，是讓他的摯友失蹤的禍手，也是正在謀害他兄弟的敵人。

武器大師的血液正在沸騰。沸騰的血液讓他已忘了店長的承諾的三分鐘，他的思緒有如閉合的雨傘一般，再無旁枝，所有的意識都只指向一點——擊敗眼前的X先生。

心流、領域、無我、自在、極意⋯⋯等等不同名詞所描述的，就是武器大師當下的進入的這個境界。他瞪著X先生，腦袋似乎空白一片，並沒有想主動去觀察甚麼，但周遭環境的資訊卻自動潛入了他的腦海，並為其篩選哪些資訊有用，哪些是無用。

為何武器大師的外號是武器大師？

當武器大師將其腳邊的電話殘骸踢向X先生時，X先生突然想到這問題。

是因為他能將所有的東西都當成武器？

X先生輕巧地躲過那殘骸，但心中仍有股莫名其妙的不安，然而只見武器大師已挺著劍突刺過來，X先生便執杖應對，狠狠地將其劍折斷。

是因為他熟練了所有的武器？

果然，隨著權杖一揮，銅錢串劍被擊成一堆零散的銅錢，但，串連著銅錢的線卻沒有斷裂，銅錢仍然被線穿著，仍然受武器大師所操縱著。

是因為他將自身鍛鍊成了武器？

只見武器大師將槍柄拋給了左手，右手則纏上了那些串連著銅錢的線，他手指微微一勾，散開的銅錢其中的五枚便向著X先生飛去。X先生馬上明白，武器大師是故意讓他擊斷其銅錢劍，好化整為零，以線來操縱散落的銅錢，作出不同角度的攻擊，好讓自己無處可退。

這下，X先生終於明白，他的對手被稱作武器大師的原因，以上皆是。

若非長期的鍛鍊，絕無可能將自身化成一件機械武器，單憑手指、線及銅錢，就做出如此精細的攻擊。可惜的是，任憑武器大師的攻擊再精密、軌道再隱蔽，但銅錢本身對X先生無法造成太大傷害，即使是以手槍射出的銅錢彈，也僅能擦傷他的皮膚，更何況這些用手指和線操縱的小銅板？

所以X先生連迴避的興致都沒有，就以徒手捏住飛來的銅錢。只是區區百年歲月的銅錢，若沒有外力加持，根本無法傷到X先生半分。然而，X先生那的捏住銅錢的手指，卻不知為何正在冒煙，正在燃燒。

X先生馬上將銅錢丟開，再捏熄手指上的火炎，只見指尖傷勢頗重，這絕不是普通的火傷，他馬上察看那枚被他丟開的銅錢，只見其上沾了一片血液，並隱隱地閃著金光。

「那是甚麼血？」X先生神情肅殺地問。

武器大師沒有答話，但其行動已給出了答案。他摸著後背，剛才為了蹬開店長而受的傷，沾了些血，然後抹到銅錢之上。

「我是有從驅魔一族處聽過你的傳聞，說你身懷至剛至陽之氣，但那也應該只是黑狗血之流，不可能會對血族造成這麼大傷害才對。」X先生一邊迴避著從死角飛來的銅錢，一邊高速思考，雖然他早已想到一個原因，但卻又不願相信，然而瀏覽過自己的記憶之海後，以及再度被其血濺傷後，他亦不得不相信。

「你流著黃金之血？」X先生冷冷地問道，但仍處於心流狀態的武器大師只顧著繼續攻擊。

所謂的黃金之血，又名為黃金血型，在醫學上，是被稱為「Rh null」的極稀有血型，全世界只有不足五十個案例。這種血型能夠輸給所有其他血型的人，卻又只能接受同一血型輸血，是為他人帶來祝福，又為自己帶來詛咒的血型。

而對血族，以及所有黑暗種族來說，這種血型就是致命的毒藥，因為這種血不單有可以輸予任何人的特性，而且還帶有極陽的氣息，在有靈力的人眼中，會隱隱地閃爍璀璨金光，所以才會被稱為黃金之血，他們能輕易突破黑暗種族血液中的抗體，並將強烈的陽氣灌入血液之中，是再高階的黑暗種族都無法與之對抗的存在。

不過，由於無法接受其他血型的輸血，所以獻血對於擁有黃金之血的人來說也是非常危險的事，再加上其數量極其稀有，所以大部分黑暗種族的高位者，包括X先生本身，都沒有將黃金之血放在心內。

他萬萬想不到，流淌著黃金之血的人竟然會出現在眼前，他更想不到，這人竟是其弟的同伴。畢竟，其弟的最大目標，就是洗滌血族的詛咒及能力，讓血族變回普通的種族，為此他不惜混入人類社會之中求學，繼而成為一名血液研究的學者，而他的實驗最渴求的，就是比他偷過所有瑰寶更珍貴的黃金之血。

X先生本以為其弟組成俠盜團的真正目的，是尋找並偷取這極其珍稀的黃金之血，但卻沒想到，這流淌著黃金之血的人，竟就在其弟身邊。

「吾弟啊，求而不得之物明明就在眼前，你卻沒有利用，你到底是不知，還是知而不行？我真的搞不懂你……」X先生不禁嘆息，為其弟嘆息，更為曾經有過的，血族墮落成凡塵的可能性而深深嘆息。

意識到這可能性後，X先生的眼神瞬間變了，以往那份從容都收斂起來，替換成一雙殺意滿盈的血色虹膜，狠狠地瞪著武器大師，而武器大師亦因為血流未止，引發黃金血型常見的貧血問題，開始維繫不了心流的狀態，而方才進行攻勢時動作所引起的疼痛，在腎上腺素消退下漸漸浮現，並開始反噬著他。

X先生卻決定不再留手，他將手上的權杖從新化回點點血星，並開始聚成一個反十字血陣。血星化為星群，劃出了不祥的星軌，圍繞著武器大師，縈迴成血色的銀河系，無窮無盡的血點即將如流星般殞落。

一直沉默的店長突然撲向武器大師，並冒著灑落的血流星，將他拉向那扇在店內的門，由於X先生收回了撐住門的血星，所以很順利就打開，二人亦迅即逃入門中。

由於血葬星塵碰觸到擋在前路的雜物後就處於發動狀態，反過來阻礙了X先生前進，此招一發便無法收止，他亦只好改讓血星襲向那間礙眼的「Never」，好方便他待會追擊二人，同時亦狐疑店門前那堆雜物散亂得相當可疑，但旋即又想到這應該是二人弄出來想稍為拖延時間。

不一會，血葬星塵已將整間舖吞噬得一乾二淨。他馬上來到那扇門前，推開一看，本以為只是通向消防通道的門後，卻竟然只有一個深不見底的坑，坑的兩側有著機械軌道，上方則有一個引擎及斷掉的鐵索，看來這是店長用能力製造出來的秘密通道，難怪他總能躲過先達商場的人流，悄然無聲地出現在店內。X先生派了兩顆血星下去試探，卻直到脫離了他的控制範圍都還沒觸到底。

「真可惜。」X先生瞪著眼前的深坑道：「這兩人的能力真棘手，卻又很誘人，其中一個甚至是流著黃金之血的人……算了，先將目光放到其他人身上吧，這樣總會再遇到他們。」

店長將武器大師拉向那扇在店內的門後，來到一間狹小的房間，仍馬上呼喊道：「以最快速度送我們下去，然後斷開鐵索！」接著，這偽裝成房間的電梯，便幾乎以自由落體的速度向下墜落，過了好一會才開始減速，但似乎是錯過了最佳的減速時間，所以是直接撞到了底部，所幸是儘管減速不完美，卻還是發揮了九成作用，大大減輕了衝擊，店長和武器大師也只是稍稍撞傷。

電梯隨即自動打開門，待二人爬出後，就自己摧毀，成為一團頂住出入口的障礙。店長落淚送別電梯後，便帶著稍稍回過神來的武器大師，來到一個小型的月台坐下。武器大師從懷中取了兩顆藥片，勉強吞了下去，過了好一會，才終於不再暈眩，他望著周遭問道：「這裡是甚麼地方？我們在這等甚麼嗎？」

「這裡我拜託那些被我修去被遺棄機械們合力建成的私人通道網，而我們在這等列車。」店長好奇地反問：「你吃的是甚麼？怎麼這麼快見效？」

「教主為我調製的貧血藥，他不肯對我說有甚麼成份，很有效就是了。」武器大師再問：「等甚麼列車？去哪的？」

「前往法蘭克斯坦實驗室的列車。」店長答道的同時，一輛第一代款式的地鐵列車便徐徐靠站，只見其白色車身上有兩徑猶如眼睛的車窗，窗下有一粗一幼兩道紅間紋，而本來的標誌被塗成了一個F字的圖案，列車只有車頭的一卡，總共有五扇車門，車廂內金屬色的座位以及橙黃色的車頂，對九二年出生的武器大師來說既陌生，卻又有點模糊的印象。雖然車款老舊，卻保養得相當良好，但那金屬座位的冷酷，還是讓剛坐下的人有點不快。

「法蘭克斯坦是誰？」武器大師在沒有分隔出座位間痕的金屬座上滑了一會才找到平衡，然後才問道。

「是改造我的人，也是我正在尋找的目標，大概也是……我的仇人。」店長的語氣卻比那金屬座位還要冷。

「那為甚麼我們還要去他的實驗室？」

「那只是他在這世界上其中一個秘密實驗室而且，他人早不在了。」店長道：「而我卻是在那醒來的，不過當時完全沒有之前的記憶，在調查實驗室後，大概明白我被改造了，所以就將那當作是家。」

武器大師有點不知說甚麼好，幸好此時列車似乎已經到達目的地。二人下車走了幾步，來到月台中央的一扇似乎重重深鎖的機械門前，只見店長露出溫暖的笑容，向著門揮了揮手打招呼，門就自動解除一層層的重鎖，為二人徐徐敞開。

門內是一個光亮冰冷的實驗室，那些實驗儀器卻被擺成家具的樣子，例如因為鋪上了床單毛巾及枕頭而變得稍為溫暖的實驗床，還有由金屬層層疊起，再鋪上毛巾咕臣喬裝而成的梳化，而那梳化上還坐著一個人。

一個長髮及肩，表情妖媚的男子。

是他們的隊友，代號——偽神婆。

第九章

期盼破鏡重圓的獨角獸

「嗨，等你們很久了！」偽神婆放下手上的雜誌，然後用雙手向店長和武器大師打招呼，然後便追問店長：「這裡 WIFI 密碼是甚麼啊？上不了網無聊死了！」

「拜託你幫他們的電話連接網絡了，謝謝。」店長親切地向著牆邊的路由器交代後，又轉回那木訥的神情，問道：「你是怎麼跑進來的？是不小心跌入教主的安全屋附近那條秘道嗎？」

「甚麼？那邊也有秘道？」武器大師驚道。

「我常去的地方都鋪設了，畢竟我不想與人類擠在一起。」店長再望向偽神婆，問道：「你為甚麼只顧看著我們傻笑，答不了我的問題嗎？」

「我只是喜歡看你們插科打諢而已。」偽神婆笑了笑，然後側著身挨著梳化，不滿地道：「還問我怎麼跑進來，你都忘了我是甚麼人嗎？起碼也記得我的代號吧？」

「偽神婆。」二人異口同聲地道。

「沒有偽字啊！」偽神婆甩了甩他那頭繽紛的秀髮道：「而且還是希望你們能稱呼我為可以預見未來的獨角獸！」

「那太長了，更何況你的預言幾乎都不準。」武器大師隨意地坐到一張高椅上説。

「甚麼幾乎都不準，起碼有一半是準吧？」偽神婆擦了擦額角的冷汗，並道：「而且你們真的認為這該死的地下實驗室，是不小心就能跌進來的嗎？店長自用的電子小夥伴可都是沒有按鈕，只能由他自己語音操控。」

「不是操控，是交流。」店長不滿地説。

「好好好，交流交流。」偽神婆不耐煩地反了反白眼，然後續道：「而且你的這些秘道都好幾十米深，闖得進來都先摔死了，對不對？」

「也對……」武器大師道。

「那你擅闖民居是為了甚麼事……」店長突然想到，這間實驗室雖然已經成為了他的家，但本質上仍是那個極度機密的神秘實驗室，沒有他那與電子夥伴交流的能力，偽神婆是如何破解那重重的保安設施？

「嘿，看來你終於想到關鍵點了，我到底是如何大搖大擺的走進這守衛森嚴的研究所的呢？」偽神婆囂張地挺直腰。

「或許……是監控他一時疲倦，走神了……」店長認真地疑惑著。

「你們就真的這麼不願相信我能預言嗎？」偽神婆抓狂地站了起來亂搔著頭髮，尖叫道：「你們不信我也該信信教主和隊長吧，若我真的只是個預測不準的神棍，他們又為甚麼要找我入隊，是要我擔當甚麼角色啊？」

「呃……吉祥物？」武器大師歪了歪頭。

「那豈不是和另一個吉祥物重複定位了？」偽神婆沒好氣地將上半身攤臥到二人身前的桌上。

「好啦，不逗你了。」武器大師托起腮問道：「你來等我們是為了甚麼？」

「為了準備反擊那吸血鬼山大王。」偽神婆媚惑地笑道。

「看來這次你真的預視到了。」店長微微笑道，同時從實驗室規格的雪櫃裡取出了三瓶水，並將其中兩瓶遞給其餘二人。

「但其實我也不確定，因為我預視到三個可能性，我只是選擇等待最希望出現的那一個。」偽神婆黯然道。

「怎麼突然神情都變了？你是看到了怎樣的未來？」武器大師放下正在喝的水問道。

「第一個，是你們打不過那山大王，其中一人選擇了歸順，更說服了另外幾個成員，並一同被他灌輸了很多反人類的思想，最後成為他向人類正式宣戰的精兵。」偽神婆豎起三隻手指說著。

「這……在我發現他根本不相信電子夥伴們是有意識前，我是有想過加入他的。」店長說。

「你說其中一人，那另一個恐怕九死一生了？」武器大師指了指自己，皺眉道。

「抱歉，我差點就害死你了。」店長垂首道。

「別傻了，那只是他的夢。」武器大師揉著店長的頭笑道，然後再問：「那另外的呢？」

「第二個，是你們打不過那山大王，亦不肯歸順，又來不及逃脫，最後一同慘死於他的魔爪之下，而其他成員亦逐一被收拾，我們的犧牲，成為了他向人類宣戰的號角。」偽神婆一邊說一邊收起了一隻手指。

「在直面過那家伙後……我也只能說，這是最合理的結局。」武器大師苦澀地說，然後又懷抱著希望地問道：「那，最後一個呢？」

看到同伴眼中的希望之火仍未熄滅，偽神婆自豪地笑了，同時再收起一隻手指，說道：「最後一個，就是當下，你們成功逃脫，然後我們團隊破鏡重圓，再度集結，準備向山大王作出反擊。」

「那反擊的結果如何？」店長問道。

「那是下一個命運的奇點了，只有先向前走，觸發各種可能性的引子，才能有機會再次一窺。」偽神婆雙手交疊在下巴，然後露出一抹神秘又妖艷的笑容。

「那即是說，當下我們要做的，就是重新召集同伴。」武器大師問道：「你知道他們在哪嗎？」

「我早就聯絡過隊長他們了，不過還有幾人聯繫不上，隊長便先去找上他們，再來這裡集合。」偽神婆轉向店長說道：「所以要拜託小店長將你的家暫借出來作安全屋，以及準備接應他們。」

店長無奈地嘆了口氣，然後才道：「看來我想不答應也不行了。」

偽神婆不答話，只是向店長拋了拋媚眼。

讓我們將時間稍稍向前移。

這時，距離眾人解散還不過二十四小時。

在一間幽暗破舊的網吧單間中，偽神婆正伏在一個破裂的水晶球上呼呼大睡，從口鼻流出的鮮血色液體沿著裂痕流敞到桌上，沾濕了手臂，才讓他醒了過來。

「嗚，頭好痛……」偽神婆擦去口鼻流出的血後，再用力地揉著兩邊太陽穴，表情扭曲得像受千刀萬剮一般，痛苦地悲鳴道：「一口氣窺探那麼多可能性果然是會遭天譴的……」

痛苦中的偽神婆，突然想起昨夜所窺探的最後一個可能性後，卻又不禁欣慰地笑了起來：「但幸好，還有希望……對了，現在幾點了？」他拿起電話一看，驚呼道：「糟！他快到了！」

然後，他便連忙換了套新衣，再稍稍梳妝，就遛到一旁空置的單間中，等待。

沒多久，單間的房門就被打開，來人竟是隊長。

「嗨，等你很久了！」偽神婆放下手上的平板電腦，然後用雙手向隊長打招呼。

「你怎麼知道我在這？」隊長關心地問道：「你又通靈了？那不是會削壽的嗎？不是叫你要少用了？」

偽神婆暖暖地笑了笑，然後再故意撒嬌般嗔道：「都怪你，突然就解散，我不就變成無家可歸了？所以才稍稍窺探一下未來，好讓自己安心。」

隊長打了個冷顫，然後才問道：「那你看到了甚麼？」

「一個混帳吸血鬼。」偽神婆淡淡地笑道。

隊長頓了頓，然後長舒了一口氣，才愧疚地道：「那我已經查到了，何必要預視呢？這不是白白折了壽嗎？」

「可是，我不單窺視到那吸血鬼，還預視到三個可能性。」偽神婆眨了眨眼道。

「三個？你真的這麼不愛惜自己的生命麼？」隊長嘆了口氣道：「說嗨，是怎樣的可能性？」

偽神婆豎起三隻手指說：「第一個，是你沒聽老師的勸止，執意要在安全屋繼續調查，結果遇上找上門的吸血鬼，你寧死不屈，然後就……」

「原來……那家伙曾離我這麼近……」隊長不禁雙腿一軟，跌坐在電腦椅之中道：「那，另外的……」

偽神婆一邊收起了一隻手指一邊說：「第二個，是你雖然聽從老師勸止，卻對找到的線索念念不忘，於是孤身到教主所留下的暗號所標示的地點調查，結果卻被那吸血鬼的手下發現並囚禁，然後成為引誘其他成員自投羅網的餌。」

隊長將臉孔埋入雙手之中，顫抖地道：「我真的……差一點就去那地點調查了，那豈不是害了全隊人？」

「我倒想知道是甚麼影響你去不去調查？」

「我是突然在想到，解散會議時不是有人提到，教主是在甚麼情境下留下那些信息的，若果是在與那家伙纏鬥時留下，那時間應該很倉促嗎？既然如此，那就不可能會留下這麼複雜的記號。」隊長說：「於是我就想先再去教主留下信息的現場，調查一下是否有更多關係當時情況的線索，所以才會先隨便找間網吧休息一下。」

偽神婆道：「那吸血鬼真狡猾呢，竟然在陷阱中再設了一個陷阱。」

「不單是狡猾，這還是一個考驗，若果只是為了引誘教主的同黨，直接寫清楚，或是在我目睹那暗號時動手不就行了？他是故意設一個謎題，考驗我們這些人的能耐，是否真的需要他出手，同時這一手還能稍稍隱藏了設陷阱的意圖，因為常人都不會想到，一個針對自己的陷阱還會有門檻，雖然解謎才能自投羅網，只會想到是教主為了不讓對方知道才用暗號。」隊長仍然心有餘悸。

偽神婆沒有說話，像是早知一切般，只是慢慢等待隊長接受這一切。

「但幸好，那一瞬間的靈光一閃，讓我避開了其中一個最壞的結局。」隊長終於回復平靜，並問：「那，最後一個呢？」

看到隊長從曾經擦身而過的絕望中走了出來後，偽神婆自豪地笑了，同時再收起一隻手指，說道：「最後一個，就是當下，你沒有落入陷阱，為我們保存了破鏡重圓的可能。」

「破鏡重圓嗎？」隊長又再嘆氣道：「那即是說，要我收回解散的命令嗎？那豈不是很兒嬉？何況教練那家伙一副早就想解散的樣子，現在他終於能回家鄉守護族人，很難說動他吧？」

「何不先試試？」偽神婆一臉神秘地笑著，同時按了幾下電話，隊長的電話就響起了收到信息的通知，偽神婆道：「一星期後，你先去這裡找他，然後再一起找老虎仔吧。」

「你說得好像教練一定會跟我一起走似的？」隊長試探地問。

「我不知道啊。」偽神婆狡猾地聳了聳肩。

隊長無奈，只好攤在椅中好好休息，然後又突然想到：「說起來，你明明預視到三個不同可能性，為何卻選擇在這裡等我？明明稍有差池，你就白等一場了。」

「我只是選擇等待最希望出現的那一個未來而已。」偽神婆微微笑道：「而且我有幫手。」

數天後。

聖索羅男女中學。

此時晨光未現，莫說學生，連校工都尚未上班，卻已經看到了老師……不，在老師都還未現身的時刻，他每日都會留連的亭子裡，已經坐著一個人影，是偽神婆。

偽神婆抱著破裂得更緊要的水晶球，挨著柱，似是昏迷一般躺坐著，這次不單是眼鼻，連耳朵及眼角都開始滲血，而他的呼吸亦極其微弱，就像是即將枯落的黃葉。

隨著晨光與一陣溫柔的觸感，游離在此岸彼岸之間的偽神婆才終於甦醒過來，他用力地吸著氣，過了好一會才讓理智也一同醒來，然後他才發現拍醒他的人，正是他特意來此地等候的老師。

偽神婆先是懵了一懵，然後才露出那招牌式的笑容，同時向老師揮手打招呼道：

「嗨，等你很久了……」

「你到底一口氣窺探了多少個未來，才會變成這副樣子？」老師憐憫地撫著偽神婆的臉頰：「我明明警告過你很多次，所謂的折壽，只是一個籠統的説話，實際上是眾多無以言喻的痛苦交錯。」

「嘻嘻……我想此刻的我比你更明白這些痛苦。」偽神婆勉強地挺直身子：「不過，這都值得，畢竟我窺探到三個可能性。」

「三個？不會是一晚之間吧？」老師驚訝地問。

偽神婆尷尬地笑了笑。

「好吧，我先不過問了，既然你拖著這樣的身體都要來找我，想必是窺見了很重要的未來吧？」老師從公事包中拿出了一瓶水，遞給偽神婆。

「對，不過我想再多找一個人再公布。」偽神婆喝了一口水後，面色才開始不再是一片死色，但卻仍然蒼涼灰白。

「誰？」

「你之前從那吸血鬼山大王的巢穴前救回的那個小羔羊。」偽神婆笑了笑。

「好吧，那我先去請假，再帶你去找他。」老師無奈地答應。

記者如常地駕著自己的綿羊仔來到咖啡廳，卻發現自己的專座竟然已坐了兩個人，他先是不悅地皺了皺眉，然後才認出那兩人的輪廓，於是便慢慢走向二人，看看要走到多近，他們才會發現自己。

「嗨，等你很久了！」卻沒想到，記者才走到一半，偽神婆就已放下手中的沙冰樂，揮舞著雙手向他打招呼。

「你們是特地來找我的嗎？」記者坐在二人對面，問道。

「這個不愛惜自己生命的家伙，又去偷看未來了，而且似乎還看到很重要的事。」老師沒好氣地解釋道：「但卻要找到你才肯說。」

「我、我有這麼重要嗎？」記者受寵若驚地搔著頭。

「畢竟我窺視到的，是破鏡重圓的情景，所以每一塊碎片都很重要。」偽神婆嘲諷地望著記者笑道。

「嗚，原來我只是碎片啊。」記者裝作大受打擊，垂著頭道。

「我們每個都是碎片。」老師打斷打鬧的二人道：「好啦，你可以說了吧？你所窺見的可能性。」

「為甚麼要說可能性？不是未來嗎？」記者問。

「因為他看到的，並不是一定會發生的未來，而是三個同等機率的未來，所以才說是可能性。」老師解釋道。

記者點了點頭，表示理解，然後便轉向偽神婆問道：「那你看到了甚麼？」

「一個混帳吸血鬼山大王。」偽神婆淡淡地笑道。

「那我也已經查到了啊……」記者道：「咦，等等，山大王？」

「沒錯，那家伙剛成為了血族之王。」老師望了望疑惑的記者，又望了望一副在等待自己交代一切神情的偽神婆，才無奈地向記者解釋道：「我和他是舊相識，之所以會去到他們教會把調查中的你帶走。」

「好啦，所有前設都說明了，那我可以繼續說下去了。」偽神婆完全不給記者接話的機會，直接搶去話語權，說道：「我不單窺視到那山大王，還預視到三個可能性！」然後，又完全不給老師抱怨自己不愛惜生命的時間，直接豎起三隻手指道：「第一個，是武器大師來遲了一步，老師你被山大王打敗，你的學生還被捉去當人質，威迫你成為他的手下，雖然你始終沒有出賣我們，但也無法阻止我們被逐一收拾。」

老師瞪大了眼，一想到他曾經最擔心的情況幾乎發生，就不禁手心飆汗，難以再保持冷靜。

偽神婆不想讓老師繼續醞釀情緒，便立刻收起一隻手指，並說：「第二個，是記者你去山大王的巢穴調查時，因為動作過大，所以被他的手下發現，雖然你一直藏著秘密武器，可是還是不敵人多勢眾的他們，最後連你的秘密武器都為他們所用，造成了連我都無法窺見的最壞後果。」

記者亦瞪大了眼，手不自覺地摸索著身上的時光筆，以確保沒有丟失，同時錯愕地說：「我、我還以為你的預言能力只是⋯⋯那你豈不是知道了我的⋯⋯」

偽神婆沒說甚麼，只是將另一隻手的手指放到唇上，然後眨了眨眼。

「放心吧，我們的團規不是寫明了，允許每個成員保有自己的秘密。」老師說道。

「何況你那小貓檢測儀也沒響，不就代表沒事了？」偽神婆說。

「也是呢。」記者苦笑，然後不斷地搓手以安撫自己的情緒：「不過這可能性真的太可怕了⋯⋯我真的不敢想像⋯⋯」

「那就別想。」老師堅定地搭著記者的肩膊道：「既然我們都在這裡，就表示那些可能性已經不存在了，不過，我還是想好好地與那家伙算這筆可能性的帳。」

「對。」記者也終於鎮定下來說：「我也有筆薛丁格的帳要與他算！」

望著二人，偽神婆自豪地笑了，同時再收起一隻手指說道：「最後一個，就是當下，你們都沒有落入山大王手中，為我們保存了破鏡重圓的可能，才有與他算帳的本錢。」

「那我們要怎麼做？」記者問。

「你特地找我們兩人，一定有甚麼目的吧？」老師說。

「沒錯，我希望拜託你們各自去說服成員歸隊，我之前已拜託隊長和教練去找老虎仔了，所以想你們一起去找小異人。」偽神婆說。

「那武器大師、店長、黑仔還有吉祥物呢？」記者問。

「我都做好安排了。」偽神婆又再眨了眨單眼道。

「你，不只窺視了三次，對吧？」老師突然嚴肅地問。

「……沒錯，但我深信這一切都值得，就像我會特地一同找上你兩個，就是為了選擇等待最希望出現的那一個未來而已。」偽神婆微微笑道。

老師重重地抱了抱偽神婆，然後在其耳邊問道：「你還有多少時間？」

「幸運的話，足夠讓我看到我們再次齊集。」偽神婆小聲答道。

「待這事完了，我一定會找方法封印你的能力，你這不要命的家伙。」

偽神婆沒有再說話，只是衷心地笑了笑。

第十章

月球上的最後一撮花

那個座落在尖沙咀海旁的巨大半圓球體，是這城市居民的共同回憶，即使沒進去參觀過，也會在經過時、看電視時，一望到後，就會對其奇特的外形過目不忘，彷彿這根本不是人類文明的建築一般。

夜，夜深得連尖沙咀都被寧靜所籠罩，海旁除了故作繁華而強行璀璨的燈光外，就只有寥落的醉客。這種幾乎沒有理智生物存在的時空，屬於寂靜，屬於鏡之民，也屬於那些心懷不軌的夜行者。

此刻，太空館圓球的頂端上，就正正迎來了這樣一位夜行者，他身穿血紅色的西服，披上了一件黑色的長披肩，隨著盈月那漸漸滿溢的銀光降臨。

在X先生所降臨的頂端的不遠處，一扇隱密的天窗被悄悄推開，然後一個瘦長的人影從中爬出，並走向X先生，用一種軟弱無力的奇怪腔調問道：「你，是甚麼人？」

「你就是異人，對吧？我還以為你的同伴會通知你關於我的事。」X先生陰險地笑道。

月光灑在異人身上，讓X先生看清了來者，是一個約一米八高，留著短髮，有著稚嫩臉孔，卻木無表情的男子，他還是用那無力又抽離的聲線答道：「我們，解散了。」

「呵，看來你被排斥了呢。」X先生冷笑一聲，然後靜待著對方的反應。

而異人的反應，卻是毫無反應，猶如雕像一般，直直地瞪著X先生，但那種直瞪卻沒有無禮及警覺的味道，就只是望著、觀察著，然後問道：「那與我問你的問題有甚麼關係？」

X先生皺了皺眉，然後嘆道：「你比我想像的更難以觸摸。」接著，他便輕輕躬身施了個禮，自我介紹道：「我名為X先生，是血族之主。」

「那麼血族之主，你來此地所為何事？」異人問道。

「為了拉攏你們。」X先生笑問：「嗯，該如何稱呼你們？天外來客？月族？還是……」

「隨你喜歡。」異人又問：「那你是想怎樣拉攏我們？」

X先生的目光突然從異人身上移到其身後，並道：「我們血族世代侍奉月球，若你們想在這片大地上尋覓一片安身之所，又或是真正可靠的盟友，那就非我等血族莫屬。」

「你們所侍奉的，並非月球本身，而是月球所反射的月光。」X先生所目視之處先是傳出了一把迷幻的女性嗓音，又突然閃爍一陣銀光，然後一個身披銀色希臘式長袍的女性，便從銀光中走了出來，只見她一頭像是挑染的銀白髮散發著如明月一般的光澤，一雙沒有銀眸看似沒有焦點，卻又似乎盡收目視的一切，她望向X先生的同時，又似乎同時望著異人，異人向她點了點頭，就退到其身後。

她用那彷似來自世界另一頭的聲音繼續說著：「若你想憑你們血族的信仰來與我們月民攀關係的話，那大可不必。」X先生望著女皇，先是一怔，然後才再度躬身，卻比之前正式得多，並道：「想必你就是月民的女皇。」

「不，我和其他同胞一樣，只是一屆區區的難民而已。」女皇道。

「難道你和你的子民就甘於這樣，委身於人類為你建設的這避難所中，甚麼都不做嗎？」X先生語帶挑釁地問道。

「這正是為客之道。」女皇道。

「那就只好委屈作客的女皇你，陪這個將會成為這片大地主人的我，一同入鄉隨俗了！」X先生說罷，便釋放出層層血星，並在自己身後聚成一個反十字血陣。

女皇亦隨即揚起雙手，她的腳下便開始浮起朦朧的銀光，卻不似月亮般的銀光般溫柔，而是帶著凜冽刺骨的寒氣，讓周遭的人都如墜入真空的太虛一般，同時勸道：「我不懂，這場戰鬥有何意義？是你們地球之民所見的，『自己得不到，就要別人也得不到』

的情緒體現嗎？」

「別把我說得和那些螻蟻一副模樣，我只是單純地想丈量一下我們血族與你們這些天外來客的差距而已。」X先生揮了揮手，血陣便化為星群，同時興奮地笑道：「我們一招分高下，如何？願意陪晚輩玩這麼一場嗎？」

「玩？這種毫無利益的行徑，我不懂。」女皇卻仍然只是架著防禦的姿態。

「利益嗎？那這樣吧，若我輸了，我會出一分力，為你們月之民保持在地球上絕對中立的立場。」X先生燦爛地笑道：「若我贏了的話，還請月之民慎重考慮一下與血族聯姻。」

「聯姻，是指各派出一個男女，並安排他們結成婚姻關係，對吧？但這有甚麼實際的意義嗎？」女皇不解。

「只是我們地球的風俗，兩個不同勢力拉近關係的方式。」

「我會嘗試去理解。」

「那你即是答應我的條件了？」

「只怕也沒法拒絕，對吧？」女皇說罷，身下的光芒變得更盛，同時她亦轉過頭來向異人，先是喊出了一段無法用文字記錄的音節後，再以X先生可以辨識的語言吩咐異人道：「你帶著大夥到地底躲一躲，還有，若我有甚麼不測，就讓——」又是一段詭奇的音節，X先生察覺到這些音節似乎是月民們的名稱，在音節之後，女皇續道：「——繼承我的職責。」

異人卻搖了搖頭，然後手指搖了一個小銀光點，再向身下揮一揮，銀光點便穿透了太空館的外壁，他道：「我已傳達了你的吩咐，但我想留下，在此見證。」

「你保護得了自己嗎？」女皇問。

異人點了點頭，然後雙手一張，身體就被一陣銀光包圍，然後他便繼續站在一旁，打算將這女皇的一戰刻在眼裡，女皇亦只好默許。

而X先生則不解地問道：「你是故意用我能聽懂的語言來與手下說話嗎？」

「為免誤會，畢竟你們和我們在思維上有太多地方不一樣。」女皇答道。

X先生笑得更開懷了，同時，二人亦不再說話，血星與銀光開始交錯。血星群劃出了不祥的星軌，圍繞著女皇縈迴成血色的銀河系，無窮無盡的血點如流星般殞落。

月光亦不住地從女皇身下升起，化為一絲絲連繫她故鄉與這片陌地的銀線，並將那明明遙在他方的銀月拉向X先生，並愈拉愈近。X先生立馬揚手，本來墜向女皇的血星群驀然止住，然後一同向著那枚愈來愈近的銀月飛去。

血星劃過夜空，貫穿了銀月，卻無阻其墜向X先生。然而，X先生卻沒有慌亂，只是來到了女皇身邊，更牽起了她的手，一同默默地欣賞著這場星與月的共舞。群星亂馳，將銀月一點點地劃破，再貫穿、劃破、貫穿、劃破、貫穿、劃破、貫穿——直至銀月完成化為星塵。

然後，血星群便向女皇襲來，他們精準地只墜向女皇，沒有一星半點觸碰到X先生。

女皇奮力地催動銀光化解一點又一點的血星，X先生見狀，便再催生了更多的血星，二人就這樣，一個壓制，令一個就更加使力，不知經過了多少回合，X先生為了征服女皇，不顧一切地使力，令雙眼都充滿了血絲，甚至失卻了冷靜與理性，開始發出野獸般的嘶吼，但女皇卻反過來緊緊握住X先生的手，不讓他完全失控暴走。

但這還是阻止不了血星失控地肆虐，女皇只能將光芒都聚到自己及X先生身上，同時望了一眼異人，發現他已經遠離了血星所能波及的地方，便安心地將所有精神放在自保之上，但即使如此，她仍能感受到她所牽著的左手那冰涼觸感。

血星在太空館上無情地肆虐，直至全數耗盡，而女皇所發出的銀光早已黯淡，但夜空中仍然懸掛著那盈月，彷彿剛才甚麼都沒有發生過一般。

但盈月所映照的地上，卻烙上了無以磨滅的痕跡，又或者說，那烙印在這城市居民腦海中那段鮮明的記憶，太空館的那個怪異又親切的大圓半球，就此消失得無影無蹤。

躲到一旁的異人無法相信自己的眼睛，他提著心吊著膽地走向剛才女皇站立的地方，莫說是女皇的銀光，連其身影亦已消失不見。在那甚至連頹垣敗瓦都沒留下半分的平地上，就只能隱約地看到一個半跪在地的人影，在月光的沐浴下，反射著一陣陣不祥的血光，是X先生。

異人不知為何，身上竟湧出一陣暴力的衝動，讓他突然地握緊拳頭，咬緊牙關，甚至不自覺地滲出月民獨有的銀光。這是甚麼情緒？

是仇恨，異人知道，因為他在地球人的文獻上閱讀，在這城市的廣播節目中見過聽過，也在日常於街頭上觀察過，甚至觸發過他人冒出這種情緒。但他本人卻從未經歷過。仇恨，這種伴隨暴力與毀滅的情緒並不存在於月民的文明之中，雖然他不知道是先天地不存在，還是後天地被抹除，但起碼在月球生活時，他從未接觸過這種情緒，更莫說是親身經歷。

但，現在，這股情緒卻充斥，不，是佔據了他身上所有可以用力的地方。在理智上，他自然明白，面對連女皇都無法對付的對手，他毫無勝算，但這時的理智，就像被一重又一重玻璃門困起般，看得見他的嘴唇在激動地張合，但卻聽不到半分聲響。

異人將銀光聚到手上，並化成了一把一體成型的槍狀物，他將槍口瞄向X先生，銀光開始在槍口凝聚，然後悄無聲色地射出。

然而，那銀光在碰觸到X先生的一刻，便被其披肩吞噬掉了，但那一閃即逝的光，卻稍稍照亮了X先生的周遭，讓異人發現X先生半跪在地的同時，雙手還抱著一個人，是失去光芒的女皇。

「冷靜點。」X先生將女皇輕柔地放到地上，還脫下披肩摺成方塊狀讓她墊著頭部，然後微微笑道：「她可是我要聯姻的對象，我怎會傷害她？」

異人看到女皇似乎無恙後，那股不知從何而來的仇恨便瞬即失卻，只能呆佇原地，望著X先生，卻不知該如何是好，是該將女皇搶過來嗎？還是等等同胞們才一同反擊？

「呼……」X先生站了起來，望著被自己夷為平地的四周，不禁嘆道：「你們的女皇真不簡單，竟迫得我用上全力，甚至還能將我失控的力量壓制在這球體之內，若不是她，我真不知自己會將多大片土地化為星塵。」

異人見X先生站起來後，便馬上撲過去察看女皇。只見女皇身上的光芒雖然黯淡，但仍未完全熄滅，異人不禁鬆了一口氣，然後再度用手指搖出銀光點，再揮向地下，不一會便冒出兩片銀光，兩個女性月民從光中匆忙出來，並開始檢查女皇的傷勢，同時用X先生無法辨認的語言與異人交流著。

在二人的急救治療時，女皇回復了意識，X先生愧疚地道：「這次是你贏了。」

女皇微微地笑了笑道：「你們地球的勝負準則真奇怪，無論怎麼看，都應該是你贏才對吧？」

X先生也笑了笑，然後說：「那……就當是平手吧？」

「好。」女皇虛弱地答道。

「你們，快帶她回去好好休養吧。」X先生對那兩個女月民道，然後再轉向異人說：「我保證，你們女皇康復前，我和我的族人不會再打擾你們。還有，我會負起這損毀太空館的責任，你們不必擔心。」

二女準備用光塑成的擔架將女皇抬入剛才打開的光洞時，女皇勉強地撐起身道：「那……我也向你保證，我們會保持中立。」說罷，她便望向異人，面對虛弱的女皇，異人亦只好無奈地點了點頭。然後，女皇便被二女帶回月民的空間之中。

X先生在向女皇道別後，便收回摺起的披肩，準備離去。

「等等。」異人卻叫住了他。

「怎麼了？你還有事嗎？」X先生不耐煩地回頭，迎向他的卻是一記結結實實的拳擊，縱使這拳來得出其不意，加上X先生已經耗了不少能量，但他還是反應過來了，一手將異人的拳頭牢牢接住。

「我還以為你們月民是更加理性沒有感情的呢，沒想到還會發脾氣。」X先生屑笑道，然後用力將異人的拳頭摔開，這一摔將異人整個人摔出了四五米開外。

異人踏穩了腳步後，又再立即衝上去，雙手同時閃爍出銀光，在準備要狠狠地給X先生一拳的同時，他的內心亦在疑惑著，剛才那突如其來的仇恨明明應該消失了才對，為何現在又燃起了另一種極度相似，卻更為純粹的情緒？

不管了。異人如此想道，同時和X先生揮出如暴雨般的拳擊。

密集的拳頭，卻未有一拳能順利落在X先生的身上，反倒是X先生輕輕曲膝一踢，就將異人整個人的平衡踢亂踢散，異人被自己亂揮拳頭的去勢帶動而整個人仆倒在地上。

「你還是小孩嗎？」X先生整理自己的衣衫，同時不屑地道：「竟然如此輕易被怒火衝昏頭腦，好好學會如何控制你的情緒吧，不然你沒資格站在女皇的身邊。」説罷，他便披上披肩，化為蝙蝠遠去。

攤倒在地的異人，無力地眺望著盈月，思考著剛才所發生的一切。仇恨、怒火，這些陌生的感情到底是從何而來？是受到陌生的異鄉所感染嗎？還是……

「喂，你躺在這裡幹甚麼？」一把稍稍熟悉的聲音從不遠處響起，是誰？

「真誇張，竟然整個球形建築都消失了。」另一把更為熟悉的聲音響起，是老師。

「你們來幹甚麼？」異人沒有望向他們，只是冷冰冰地問。

「當然是找你歸隊啊。」那個異人還未想起的人説道。

「現在歸隊又有甚麼用？」異人問。

「據説是要開始反擊了。」那人興奮地摩拳擦掌道。

「向誰反擊？」異人又問。

「向將這裡移為平地的人。」老師答道。

異人閉起雙目，回想著剛才的一切，仇恨、怒火，還有女皇臨別的付託。然後，他站了起來，望向老師和看到面容才想起其稱號的記者。

「抱歉，我不會歸隊。」異人冷冷地道：「因為我們月民不會參與你們的任何紛爭，我們將保持絕對的中立。」

第十一章
傲然虎立

「為甚麼老師他們就有明確的時間地點去找人，而我們就要在這裡等等等，都不知道要等到甚麼時候。」教練不滿地道。

「只能怪老虎仔的行蹤太飄忽不定吧？」隊長悠閒地拿起桌上的那杯已熱朱古力，滿足地呷了一口，又說：「那個以崇尚自然的小子，連電話都沒有，除了等也不知可以怎麼辦。」

隊長聽從了偽神婆的指示，在鯉魚門一帶碰上剛上岸的教練後，便來到樂富的一間茶餐廳等待老虎的音信，然而偽神婆卻沒法預視到時間，所以他們只能天天都來，每次都坐足一整天，這已經是第三天了，雖然還只是早上七點，但夥計和老闆都深信他們還會坐到關舖，所以都開始仇視他們了。

見教練還是一臉不滿，隊長便問：「你是不相信偽神婆嗎？」

「怎敢不信，他連我從哪上岸都猜得到。」教練有點無奈地搔了搔臉頰，然後咬了口多士，才道：「我之前都不知道他能預測得這麼精準。」

「那是有代價的。」隊長黯然地道，教練正想好奇，茶餐廳的電視卻播出了一則特別新聞報道——

位於尖沙咀的香港太空館於今晨發生爆炸，現場已受到封鎖，據相關人士消息，俗稱「菠蘿包」的天象廳損毀傷重，幾乎整座倒塌，現場畫面上，只見到原本天象廳所在的位置被數幅巨大帆布掩蓋，未知實際損壞情況如何，但周圍環境似乎並未受到波及。由於意外發生於凌晨至清晨時份，館內仍有若干看更，未知是否有人傷亡——

「太空館竟然真的沒了……」教練望著新聞目瞪口呆了一會，才說道：「偽神婆是不是有點太可怕了？」

隊長的表情卻變得更黯然了，正當教練想開口了解，又有另一則新聞吸引住了他們的目光——

昨日有行山人士報案，指於獅子山風雨亭一帶發現老虎蹤跡。據了解，本港於二零一八年期間亦曾發生行山客發現老虎報告，但最後證實只是誤認本港常見的野生豹貓為老虎。

但本案中的報案者在看過豹貓照片後，卻仍然堅持他們發現的並非豹貓，體形更大，但毛色卻非常見的老虎毛色，而是泛紫的皮毛帶有些不規則的紅色斑紋。現時消防員及漁護署仍於山上搜索，暫時未有發現——

新聞報道完畢後，茶餐廳的夥計們將目光放回餐廳裡，卻發現那兩個會坐足一整日的客人都不見了，只在桌上留下了剛剛足夠，而且還摻雜了不少毫子的款項。

「獅子山這麼大，我們真的能找到他嗎？」教練又在抱怨道。

「不，不是我們去找，是讓他來找我們。」隊長答道。

二人在看到那紫色老虎的新聞後，便馬上奔向獅子山，幸好他們所身處的樂富就在獅子山的山腳下，所以教練不得不在心裡又一次驚嘆，同時暗暗感激偽神婆，讓他們不用跑太遠。

在驚嘆偽神婆的同時，教練也在驚嘆身邊的隊長，他一直以為隊長只是個擅長IT，卻沒甚麼體力的人類，卻沒想到他竟能一直跟上自己的速度在山上跑。

或許是教練的驚嘆過於張揚顯眼，讓隊長也不禁問道：「你是看不慣甚麼東西嗎？」

「不……我只是沒想到你體力那麼好……」教練說。

「你都不知我以前過的是甚麼生活，為了保命，所以我一直都有在練拳及鍛鍊體力。」隊長答道。

「難怪。」教練又問：「那麼你說是讓老虎仔來找我們，是要如何做到？」

「你忘記了他的身份嗎？」

「呃……我只記得他是類似遊戲中的德魯伊，那種可以變成不同動物的東西。」

「沒錯，他就和德魯伊一樣，是自然的守護者，能化成不同動物的化獸族。」隊長說道：「即是說，他會有野獸般的五感，而且對破壞自然的行為相當敏感。」

「那即是說，我們要破壞自然來引他出來？」

「沒錯。」

「這種事我可做不出來。」教練突然煞停，並道：「自然守護者這一點，我和他一樣，只不過他負責的山林，而我負責海洋而已，我做不出傷害大自然的事。」

「不要緊，我會負責實行。」隊長也跟著停了下來。

「你是打算怎麼破壞自然？」教練握了握拳，嚴肅地道：「若太過份，可別怪我出手。」

隊長一臉無奈，但為了引出同伴又不得不做，只好閉起眼，深呼吸，然後再探手入背包之中。教練見狀，禁不住聯想到底隊長帶了甚麼高污染物出來，同時亦暗暗禱告，能在不見血的情況下阻止對方。

卻見隊長竟從背包中掏出了一個空的塑膠瓶以及一個火機，然後，他點了火，並開始燃燒那膠瓶。

教練不解地歪了歪頭，然後問道：「這是甚麼事前準備嗎？」

「不，這就是我引老虎仔出來的方法，燒塑膠瓶不單會產生有害的氣體，還會產生濃烈的味道……咳咳咳！」說著說著，隊長自己都受不了燒膠的味道，而且也開始受不了燃燒中的瓶子的溫度，本能下將之隨手一摔，摔到一旁去了。

教練先是鄙視地望了望咳過不停的隊長，然後便噴水將膠瓶澆熄，本來還想再笑話一下隊長，可是因為風向的關係，那些燒膠的味道吹向了他，讓他也開始不住咳嗽，甚至連眼都有點睜不開。

就在二人咳過你死我活的時候，身後的樹林發出了微細的聲響，教練本可察覺這聲響是來自一匹體型不小的野獸，但由於咳嗽的關係，根本無暇他顧。而那野獸在稍稍靠近後，卻停住了腳步，過了一會，從樹林中傳出的，就變成了人類的腳步聲。

「你們兩個在這幹甚麼？」一個留著長曲髮，滿身補丁、泥土以及深淺不一的傷口，而且連鞋都沒穿的男子走了出來，向著咳嗽的二人問道。

二人卻只是一邊咳嗽，一邊激動地指著男子，然後隊長又望著教練指了指自己，似乎是想表示自己的方法行得通，但教練只是不屑地指著自己的鼻和喉嚨，接著二人便互相指責似的亂指一通。

不一會，二人終於能喘上口氣，不再咳嗽，那男子才再次問道：「你們兩個在這幹甚麼？」

「找你歸隊。」隊長回答那男子，那男子正是他們所尋找的成員——老虎。

「我們……不是解散了嗎？」老虎問。

「那只不過是這家伙裝模作樣地想一切都自己扛上身而已。」教練不屑地捅了捅隊長的腰間，讓他既痛又癢得直不起腰。

「是嗎？」老虎欣慰地笑道，眼角甚至在泛起點光：「所以，我們能再次聚在一起了啊？」

教練用力地拍了拍老虎的肩，然後問道：「說起來你這陣子都在幹甚麼？」

「我在調查教主失蹤的事，跑了大半個香港，經歷很多古怪的事……」老虎疲憊卻自信地從衣袋中掏出一團皺得可以的牛皮紙，攤開然後指著上面一些污痕中間的紅色箱頭筆畫的星星，說道：「我發現了六個可疑的地方，都是與吸血鬼或殭屍之類的東西有關，相信教主就在其中一處。」

隊長和教練望著那張滿是污痕的牛皮紙，都懵了起來，並同聲問道：「這到底是甚麼鬼東西？」

「地圖啊，不懂看地圖嗎？」老虎指著其中一圈細的污痕說道：「這是香港島。」再指住大一點的污痕圈說道：「這是大嶼山。」接著再指住最大的一圈污痕說道：「這就是新界，這個尖位就是九龍。」

「啊！」二人這才看懂，並一同以拳捶掌驚呼。隊長本想向老虎說明，他們已經知道令教主失蹤的犯人的根據地，但他突然察覺，那地方與老虎剛才所指的紅星位相當接近，便問道：「你知道這裡是甚麼地方嗎？」

「當然知道，我都說跑了大半個香港，這裡標示的是一個叫盧希梵會的宗教會堂，而且裡面的人不是吸血鬼就是他們的從僕，是第二可疑的地方，不過他們附近就有個驅魔一族直轄的廟宇，所以應該處於被監視的狀態，不太……」

老虎話未說完，教練便插嘴問道：「你怎麼知道他們是吸血鬼？」

「嗅得出的啊，我的嗅覺可是媲美野獸的。」老虎自豪地指了指自己的鼻。

「你真厲害，竟然能在沒有線索的情況下找到這裡。」隊長嘆道，然後才指正道：「不過可惜，你的判斷還是欠了點火候，我們已經掌握到充分的證據，這裡就是那犯人的大本營，也是我們重新組隊後的第一個任務！」

聽到隊長的話，教練和老虎二人都不禁熱血沸騰。

「要去為教主報仇！」教練激動地說。

「是去尋找教主。」隊長說。

「你得到教主仍在生的情報？」老虎問。

「不，我只是……選擇相信最希望出現的那一個未來而已。」隊長先是黯然，然後卻微微笑道。

法蘭克斯坦實驗室。

隊長、教練、老虎、記者、老師、偽神婆、武器大師及店長等八人聚首一堂。

店長騰出了一張長桌當作會議桌，隊長坐於主席位，老師、偽神婆、店長及記者坐於左側，而武器大師、教練及老虎則坐於右側。

「那麼，就來開始作戰會議吧。」隊長宣布。

「等等，這不是未齊人嗎？」教練不滿地插嘴道：「黑仔、異人和吉祥物都不在，不是說要重新組隊的嗎？那怎麼會少了三人？」

「異人表示要遵從其女皇的命令，保持絕對中立，所以不會參與這場戰鬥。」老師解釋道。

「至於黑仔，我已經將他先行布置到一個對我們有利的地點。」隊長接著道。

「那吉祥物呢？」老虎問。

「你覺得他那雙叮噹手真的適合參與戰鬥嗎？」武器大師也加入了話題，分析道：「我們還不知他有甚麼能力，甚至是不知他到底有沒有能力，他的身體狀況就和一個喜愛打籃球的少年沒甚麼分別，我們真的要帶上他參與這種規模的戰鬥嗎？」

「說起來，他明明和普通人沒甚麼兩樣，當初為何會找他入隊？」記者望著隊長問道。

「別望著我，他不在我的名單之中，是教主選的，但他也沒有告訴我理由，就只說了是緣份。」隊長聳了聳肩答道。

「雖說他不適合戰鬥，但這樣孤立他，真的好嗎？」老虎問。

「這方面你可放心，我已將所有情況告訴他了。」偽神婆道：「別再糾結在他身上了，我們來談正事吧。隊長，你繼續說你的作戰計劃。」

「其實也沒有甚麼特別的作戰計劃，就是一如既往的『天地人之策』。因為之前記者、老虎和我都已做過了事前調查，而敵人亦正好是老師的舊識，武器大師和店長亦與他交過手，再加上偽神婆也做了過份全面的預視……」隊長既不滿又帶歉意地望了望偽神婆，而他卻只是狡猾地笑了笑並眨了眨眼，隊長便續道：「……所以搜集情報，即『天時』這一步已經完成。接下來就是『地利』，就如往常的作戰，先由店長將附近的通訊及交通擾亂，讓閒雜人等遠離目標地點，然後就等埋下的炸彈爆發，不過由於教主及異人不在，欠缺了必定能破門而入的保證，所以有可能會陷入建築物前的攻堅戰，就會提早進入『人和』的階段，今次戰鬥的主力同樣是武器大師、教練及老虎，而除了偽神婆負責聯絡通訊外，其餘的成員將全數投入輔助戰鬥。」

隊長公布完作戰計劃後，一直屏息靜氣都成員們都還不敢用力呼吸，因為他們都明白，要全員投入戰鬥的任務代表甚麼，這將是他們參與過的最危險的任務。

隊長續道：「我深信教主仍然在生，而且有超過 90% 的機會率就在這次的目標地點——盧希梵會。僅記，我們這次的作戰目標不是戰勝對手，而是救出教主，最低限度也要找出關於教主的情報，明白了沒有？」

所有成員一同齊聲答道：「明白！」

聲音的共鳴，讓這曾經破裂的團隊再次團結了起來。

「說起來，我們不是一直未決定隊名嗎？當時還以為會有大把時間，卻沒想到會不知不覺就解散了，要不要趁我們又再齊集了，來取個隊名？」記者因為記錄時沒有隊名難以稱呼這團隊，所以便提出道。

「可是我們還未齊人。」老虎道。

「那就是改個臨時的，專為這次行動的隊名，如何？」偽神婆說。

「那該改甚麼名好？之前為了這問題可吵了很久。」教練苦惱地道。

「破鏡重圓……破鏡，如何？」老師提議道。

眾人似乎都頗為滿意，只是隊長卻站了起來道：「不，那個先留起，待我們齊集十二人時再討論，臨時的隊名是為這次行動而改，還是與行動有所關連更好。」

「這次行動是為了拯救教主……教主……」記者吟道：「……叫教團如何？」

「嗯……」眾人似乎都不太滿意。

「教主，教團……教主的門徒？嗯……」教練突然靈光一閃，說道：「神徒，如何？」

眾人一同豁然開朗，同時又疑惑，怎麼會是由教練這肌肉腦子想出來？

第十二章
可能性之門

時間，深夜將盡，清晨將至的時刻。

人物，自稱神徒的八人。

地點，盧希梵會的不遠處。

「異人？你為甚麼會在這裡？」隊長在潛伏時，意外地發現異人的身影，便追上前問道。

「我是奉女皇之命，以中立使者的身份來見證你們的戰鬥的。」異人冷冷地答道。

「那你怎會知道我們今天發動攻勢？」隊長擔心作戰情報洩漏，緊張地問。

「不，我並不知道，只是一早就在這裡待機而已。」異人說。

「天啊，真有你的風格……」隊長不禁笑了笑：「雖然你是中立，但有你在旁，感覺我們似乎變得更加完整了。」

異人望著隊長，卻不知說甚麼好。

「我們在等甚麼？」武器大師問。

「在等埋下的炸彈爆發啊，作戰會議時你都沒留心聽的嗎？」偽神婆笑著說。

「我知道，但我還是搞不懂，所謂埋下的炸彈是甚麼。」武器大師坦然道。

「不會吧？你竟然不知道？」偽神婆神情誇張地反問道。

「抱歉，其實我也……」老虎摸著後腦說道。

「原來不只我一個一頭霧水啊……」教練鬆了一口氣。

「真是的，枉你們還是這次作戰的主力……你們平時都不留意同伴的能力嗎？」偽神婆不滿：「而且你們再想想，這次作戰缺了誰？」

「異人？」

「吉祥物？」

「還是……？」

突然，盧希梵會的旁邊的樓宇突然傳出一陣爆炸聲，一個單位的窗戶就那樣被爆發中的烈焰撞了出來，呼吸到新鮮空氣的火焰肆意地膨脹舞動，吞噬著其周邊的一切，同時亦吸引了周圍一帶的人，包括盧希梵會中的血族及血奴的目光。

「就是現在了，武器大師和老虎仔，你們待輔助戰鬥開始行動後就從正門闖入，教練你則以水護身去那爆炸的單位救人！」偽神婆指揮道。

「救人？救甚麼人？」教練的頭腦混亂成一團漿糊。

「當然是引發這場爆炸的人啊！」偽神婆想用力將教練推出去，卻推不動他分毫。

教練見他如此著急，也只好在聽從，召水護身後，馬上躍入火場，在見到在單位中的人後，一切都豁然開朗了。

「這場爆炸就是你們所埋下的炸彈嗎？」武器大師驚愕地問道：「我還真沒想到是真的炸彈……」

「我也沒想到……」偽神婆揉著頭痛的額角道：「我們埋的，其實只是一枚名為不幸的炸彈，實在沒想到真的會爆炸，那家伙的運氣到底有多差……」

「啊，是他。」武器大師與老虎一聽到不幸，才終於明白那枚炸彈是誰。

隨著爆炸，輔助戰鬥組的老師、店長、記者都陷入了一陣混亂，但潛伏在另一處的隊長很快就跑了過來，並率領他們執行本來的作戰計劃——擾敵。

他們先是分成了兩組，隊長和記者一組，老師和店長一組，向著盧希梵會的左右方奔去。

由於爆炸也吸引了敵人的目光，所以他們很順利地翻越了盧希梵會的外牆，但一著地，會中的警報便隨之響起。由於他們的任務是引開敵人，所以店長故意讓警報響了一會才弄停，而本來被爆炸分心的敵人們亦正如計劃地圍向了他們。

每邊大概來了二十餘人，從他們頸項上凸出的血管紋理來，應該全都是血奴，雖然他們遠不如血族，但十數倍的人數差，還是讓隊長和記者冒了一身冷汗。

其中一個血奴見他二人神情稍稍慌張，便不作顧忌，一馬當先地衝了上去，瞄準其中看上去更弱的隊長，打算一個左勾拳將其擊倒，卻沒想到，隊長先是用右手擋住了對方的勾拳，然後以看似幾乎一模一樣，卻更俐落有力的左勾拳還了過去！

但由於敵人畢竟是受了血族加持的血奴，所以即使結結實實地吃了一拳，也只不過是倒在地上，並未昏過去，稍稍回神便再站起來了。至於記者那邊，則正被更多血奴追捕，由於他基本上沒有戰鬥力，所以只能東躲西藏，而隊長為了保護也只放棄繼續追擊剛才的對手，轉而跑來為記者開路，二人就在血奴的追趕中，逃入了會堂之內東躲西藏著。

老師和店長那邊倒是一如既往的毫無起伏，二人默默地擺開架式，卻不急於搶攻，敵人來襲就用最小的工夫將之擊退，以盡量拖延時間。

主力那邊見敵人都被分散到兩邊，正準備動身正面闖入時，教練已經揹著一人，從爆炸的單位出逃了回來，他將那人隨手放到偽神婆面前，並道：「好好照顧他。」

武器大師和老虎望了望那人，果然正如他們所料，是黑仔。

「嗚唉……」倒在地上的黑仔似乎回復了意識，掙扎地張開雙眼睛，迷糊地問道：「現在幾點……上班要遲到了嗎？」

「睡懵了嗎？」教練見狀，便召水淋到黑仔的臉上。

「嗚哇！怎麼了？怎麼了？」黑仔這才終於清醒，望見教練、偽神婆、武器大師及老虎都在眼前，還要再思考一會，才理解發生甚麼事：「咦咦？你們怎麼在這？……啊，難道是作戰開始了？」

「對啊，不過你的任務已經完成了，你就在這裡好好休息吧，順便保護……，不，和偽神婆互相照應吧。」武器大師說。

「說起來，你是怎麼弄出這麼大一齣戲的？」老虎好奇地問：「我們明明沒通知你作戰的準確日期……」

「不關我事的！我甚麼都沒做啊！」黑仔慌張地道：「我只是如常下班回來這個你們讓我租的單位，本想煮個麵吃，但因為自從接到你們通知會有行動後，就每天都睡不著，結果疲勞累積得太緊要，水還煮開就睡著了而已……」黑仔說著說著就想到，這場爆炸或許就是由他沒有看顧著煲水的火而引起。

「不必謙虛了，這全都是你的功勞。」偽神婆奸笑道，讓還未弄清這一切的黑仔擔心得五官都扭成一團，心虛地問：「我、我會被判刑嗎……？」

「好啦，不玩你，我說是你的功勞，正正是因為我利用了你的不幸來做計時炸彈，叫你租這裡，就是為了讓你的不幸持續累積在這一帶，並染指到旁邊的會堂。」偽神婆解釋道：「我已經提前算好，待我們準備來襲時，就正好會累積夠不幸的濃度，引發災難，只是沒想到會是這麼誇張的爆炸而已。」

「原來是這樣啊……」黑仔望向周圍，才發現視野無比清晰：「難怪從剛才開始，眼前就幾乎沒有瘴氣，原本是都引爆了啊……」

「不愧是你，明明這麼大的爆炸，但身上卻只是受了一點傷，真不知該說你不幸還是幸運……」教練苦笑道。

「唉，早就習慣了。」黑仔笑了笑，然後又板起臉，認真地道：「但這樣的話，這附近的運氣已經清零了，無法再寄望奇蹟。」

「那樣正好。」武器大師說著，同時與教練及老虎一同轉身面向盧希梵會，摩拳擦掌地準備出發，並同聲道：「即是這場仗全憑實力說話！」

說畢，三人一同踏出昂揚的步伐，將盧希梵會那扇沉重的大門踢開，再下一瞬間，偽神婆與黑仔已再望不見他們的身影。

三人穿過了門廊，走到大堂時，遇見了兩個身影，兩個血族的身影，一男一女，完全不受聲東擊西的影響，僅僅守住那扇通往深處的大門。

「喲，又是你啊，大叔。」教練向著男的血族打招呼道：「這次不會再逃了吧？」

「哼，你之前只是贏在人多而已，可這次你們只有三人，就別妄想會再讓我吃虧！」索諾拉說罷，便衝向教練，二人隨即展開了激烈的肉搏。

而武器大師與老虎則仍與那名女血族對峙。

「夜燕。」女血族自報姓名後，躬身說道：「奉吾王之命，試驗你們。」然後，她便化身成一隻體形近豹的黑貓，舞著血紅的尖牙利齒撲向二人。

老虎見狀，也馬上變成老虎，擋下了黑貓，二人就這樣開始纏鬥起來，完全沒有武器大師介入的空間。

按照作戰計劃的話，在面對最後 BOSS 前的這最後一個關卡，需要由他們三人一同攻克，再一同去面對X先生，以確保人數上的優勢。但在這時，武器大師卻想到了另一個計劃。

X先生以及血族最畏懼的本是太陽，但隨著年月的累積，他們終於有了抵抗太陽的方法，但亦不過是由於太陽太過遙遠，讓太陽力量無法集中，而取以代之，成為他們最畏懼之物的，就是蘊含著太陽力量的黃金之血，亦即是武器大師身上所流淌的血液。

所以即使他無法戰勝X先生，但只要讓X先生沾上自己的血，亦能令他力量大減。武器大師相信，這一點雖然在作戰中沒有明確提及，卻是大家都默認的一環，透過戰鬥中的傷勢，藉機讓自己的血液濺灑到X先生身上。

但若果是等待他們再一起上，X先生必定會盡量避開自己，先以他人為目標，逐一擊破後才來收拾自己，這恐怕會令隊友傷亡慘重。那，若果，只犧牲他自己一個呢？

如果我獨自去面對X先生，那他就無法繞過我去傷害其他人，而我只要在他們突圍前，成功讓X先生沾上黃金之血，就能為他們大大削弱這最終頭目。

「無論怎樣想，這都是最優解，陷入危機的人就只有我一個，這實在太值了。」武器大師笑了笑，然後毅然邁開腳步，向著大堂最深處走去。

而大堂中的兩組人馬因為互相糾纏的關係，無論哪一方都派不出人手去阻止武器大師。

武器大師在建築中摸索了許久，都再不見半個人影，甚至開始迷失了方向感，他這才想到，或許這一切都是陷阱，就是誘使他獨自尋找X先生，因為按當下情況，即使他成功找到X先生，但隊友們卻迷失於此，那他打算犧牲自己以大幅削弱X先生的計劃豈非行不通了？

就在他迷惘之際，一道銀光從他身邊不遠處的露台探射而出，成為了指引，他知道X先生就外面，但即使明知這是陷阱，他還是毅然地走了出去，他深信隊友們能趕得及，不讓他的犧牲白費。

武器大師打開通往露台的門。

只見X先生坐在露台邊緣，眺望著血色的銀月。

「你們真是選了個好時間，今晚正是適合重逢的月夜。」X先生笑說罷，然後徐徐

望向獨自來到的對手。

武器大師就等這一刻，X先生裝模作樣地迎接自己後，見自己並沒甚麼動作，於是稍稍放下戒心，準備講述自己邪惡計劃的一刻——他馬上踏步衝前，同時咬破自己的拇指，準備在流出血時連同手掌一把按在X先生的頭顱之上！

武器大師從未想會如此順利，X先生仍然一臉驚愕，而他的手在X先生的臉前，X先生已無路可逃！

然而，不知為何，武器大的手沒有觸碰到X先生，而是徑直地穿了過去。

是霧化？那也不緊要，只要他的血觸碰到X先生所化成的血霧也會有效果。但現在的手感卻不像在接觸血霧，而是更虛無縹緲的手感。然後，那被武器大的手穿過的X先生，開始肆意大笑。

「你真以為我會坐在那裡等你攻擊我啊？」X先生的聲音詭異地從身後傳來：「你可是身懷我最畏懼之物，我怎可能這麼大膽正面迎接你？那是我用血漿做成的鏡面而已。」

武器大師轉身望去，發現X先生的真身果真在身後，而他剛才所面對的，只是一片浮在半空的、薄薄的液體。他打算再撲向X先生的真身，但X先生只是輕輕一抬手，血星就化為無數觸手，將武器大師牢牢捆住，然後立即結晶硬化，令他無法動彈。

「看來你們都以為我只有一招血葬星塵對你們有威脅呢。」X先生將血星鑄成權杖，再於權杖之上再鑄出一把與杖同長的血星鋒刃道：「該說你們天真，還是該讚賞我掩飾得太好？對於血的用法，我可是比吾弟要熟練許多許多，畢竟他對血的了解還停在血液這一整體之上，但我卻早已能將血液分解運用，像這結焦，甚至連血漿中的水份都能獨立地操縱自如。」

「少廢話，要殺就殺！」武器大師咬牙切齒地叫著。

「呵，還以為你會想拖延一下時間，等你的小夥伴能趕來救你呢。」

「哼，剛才我在室內迷失了方向，就是你搞的鬼，對吧？你早就布好局，讓援兵都困在建築之中。」武器大師不忿地道。

「呵呵，沒錯，原理和剛才騙你的鏡一樣，只是鏡迷宮而已，不同之處，就只是那些鏡能隨我控制自由移動。」X先生撫摸著刀尖說道：「你會這乾脆受死，是不是在寄望我殺你時，有機會讓血沾到我身上？」

武器大師見對方早已知道自己最無力的寄望，不禁苦笑，同時心中卻仍然緊緊地懷抱著這無力的寄望。只是，X先生彷彿是要武器大師身死之前先心死，他輕輕拂過刀刃，刀刃就被磨成了一杵針頭。

「血族之王怕血，聽上去真荒謬，但世界就是如此荒謬。正如我將使用的，這不濺一滴血就能殺人的方法，也是由你們人類極其自豪的科學中學來的。」X先生笑著將針頭抵在武器大師的心口，並道：「我會將這針刺入你的心臟，然後直接注入我的鮮血，作為身懷黃金之血的人，是無法接納其他類型的血，更何況，這是另一個種族的血。不過，我也很好奇，你是會以人類所相信的科學方式死去，還是以血族代代相傳的方式化成血奴？」

武器大師的寄望化成了灰塵，無盡的絕望填滿了他的理智。

崩！

甚麼聲音？是絕望壓垮理智的聲音嗎？

不。

是可能性叩門的聲音。X先生和武器大師二人同時望向聲音傳來之處。

首先，他們只見到一點虹光，以及周遭的空氣間出現了一道道的裂痕，然後虹光向下延展，展成一條約兩米長的虹光線，然後便向左方繼續延展了一會，就再向上伸延，最後虹光連成一道長方形的框，然後化成了一道懸浮在半空、撕開空間的虹光門扉。

一個少年模樣，穿著如茶餐廳外賣仔般裝束，手上還拿著半個漢堡包的人從中走了出來，踏下虹光化成的階梯走到露台上面。

「吉祥物？你怎麼也來了？還有你那是甚麼能力？」武器大師驚訝地問道。

「這是可能性之門，我可以透過它遊走於不同可能性。」吉祥物咬了一口漢堡才續道：「抱歉，因為要開這門需要大量的能量，所以我必須補充一下。」

「呵，現在再多一人，又能有甚麼改變？」X先生笑道。

「才不是現在。」吉祥物說：「你真是個很可怕的對手，不愧血族之王的名號。我可是開了許多扇的可能性之門，才最終將現實引導到這個可能性之中。」

「甚麼……意思？」X先生不解。

「簡單說，就是你曾經有多次勝利的可能性，都被我用這可能性之門早一步偷走

了。」吉祥物解釋道：「例如你所留下的那暗號陷阱，本來會成功將隊長誘導到此處，但我利用這門去到那個可能性中，取代當時自己的位置，暗中給了隊長一點提示，讓他最終聯想到暗號的可疑之處，避過了陷阱。」X先生瞪大了眼。

「還有你襲擊老師時，讓武器大師能及時趕來的，以及在記者調查這裡時，及時拉走他的，還有還有，在店長的店前那堆干擾了你追擊的雜物，這些通通都是我做的。」吉祥物道。

「即是說，我本來早已勝利了。」X先生說。

「沒錯，是比你所想像的，更順利的大獲全勝，只可惜，那曾經有機會成真的，吸血鬼主宰世界的可能性已不復存在了。」吉祥物說。

X先生閉起雙目，是在惋惜？還是暴怒？不，他在思考。

「如果你的能力真的能這麼自如地穿梭時空，干擾可能性的話，那應該有更簡單的方法打敗我才對，例如去到我剛出生的時空殺掉我之類。」X先生冷靜地分析道：「但你卻沒有選擇那麼做，而是被迫在這種最危急的關頭才出場，即是代表你的能力有著限制，還是極大的限制……莫非是需要有其他能力配合？例如能為你定位某些東西，以及能看見可能性座標的人？」

吉祥物急得狂飆冷汗，說道：「想甚麼呢？我是為了讓你感受何謂絕望才選這個時刻的！」

「說起來，你們的成員中，好像有個能預知未來？」X先生笑了笑，然後將權杖向前一挺，同時將針頭變回鋒刃，架在吉祥物的頸項之上：「不，想那麼遠，倒不如先直接殺掉你。」

吉祥物那本來慌亂得很的眼神，突然閃爍出希望的光芒。X先生隨著光芒的方向望去，只見一群人踢開了露台的門，正向他奔來。

教練和老虎各自撲向X先生的左右手，在牽制的同時，直接將他撲得飛離露台，並跌落到樓下的草地花園之上。

同時，老師和店長亦從露台躍下，店長從兩手四指的指尖中射出四道激光，打穿了X先生的肩膀及大腿的關節，然後老師取出咒摺喊道：「迴光！」然後一束強光便從咒摺射出閃現，並化為靈蛇一般纏上了X先生，將他緊緊地綁住。

隨後，為武器大師鬆綁了的隊長，便領著吉祥物和武器大師一同落地，七人將X先

生重重圍起。

X先生即使被活捉，卻沒有慌亂，冷靜地問道：「你們，是怎麼破解我的迷宮？」

「全靠我。」記者突然在七人中間現了身，令成員們都嚇了一跳，他繼續得意地解釋道：「多得你的手下追我，讓我可以大搖大擺逃入這會堂之中，然後我便使出看家本領，隱去身影，讓你無法用鏡迷宮迷惑我，得以好好記錄下這全棟建築的結構。」

「呼，真不得了，這就是團隊合作的力量嗎？」X先生寂寞地笑了笑。

「還不是呢，畢竟有個人在偷懶。」偽神婆也領著黑仔與異人進來，並指著異人抱怨道。

「我不是偷懶，而是必須保持中立。」異人解釋道。

「你們怎麼也進來了？是嗅到勝利的味道，所以來搶鏡頭嗎？」教練說。

「不，我是來迎接命運的奇點。」偽神婆道：「只有經過了這命運奇點，我才能再窺視未來。」

「呵，看來你就是令那個可能性小偷能力得以發揮的人呢。」X先生問。

「正是在下。」偽神婆擺出V字手勢。

「但是我不懂，為何你們要在我面前解釋那麼多？講解那麼多你們的能力？是自認贏定了嗎？」X先生問。

「差不多吧，畢竟我剛窺視到，在奇點前的最後一段可能性，就是此時此刻，你無力掙脫的結局，然後，我還見到了教主的身影。」偽神婆笑著宣告，眾人雙眼也綻放出希望的光芒。

「我不明白，你們明明都是受盡人類歧視和排斥，甚至與人類結下過家仇血恨的鏡之民。」X先生不解卻誠懇地問道：「那為何要阻礙我？雖然我與你們種族不同，但你們所受過的痛苦我都懂。是因為我沒表示過血族統治後，會如何對待你們的種族嗎？若是如此，我，血族之王X先生在此許下諾言，討伐人類後，我必將建立一個屬於鏡之民的國度。」

「我們此行不是為了族人。」教練道。

「更不是為了人類。」武器大師道。

「只是單純的，為了救回我們的同伴而已！」隊長道。

「但是。」X先生冷冰冰的話語打斷了眾人的氣勢，他們都從其聲線中聽出了一陣莫名其妙的自信。

「但是，你們就沒想過，隊友和兄弟，誰更親嗎？」X先生冷冷地笑了。

甚麼意思？

每個人的心目中都想著這句，但誰都還沒說出口，就被天上突然閃現的血光吸引了過去，只見一輪血月高掛，那種紅，比以往所見的血月都更腥更紅。

「我說過，你們真是選了個好時間，今晚正是適合重逢的月夜。」X先生笑得更盛了。

但眾人的目光隨著血月的光芒，被引導到盧希梵會的屋頂之上，上面正站了一個人。

一個身穿血紅三件套西裝，披著披肩，與X先生幾乎同一造型的人。

這人，正是他們心心念念的那人——教主。

但此時的他，卻以一雙陌生的血紅色瞳孔瞪著他們。

「吾，先把那兩個可能性的竊賊收拾掉，他們太麻煩了。」X先生命令道。

然後，教主便從屋頂躍下，用血化成兩把劍，直撲向偽神婆及吉祥物二人。劍同時刺穿了二人的肩頭，偽神婆身體本以因預視太多而有如風中殘燭，這一刺更是讓他直接昏死了過去，而吉祥物亦因為強烈的衝擊而吐出了大量的血。

隊長是第一個反應過來的人，他一拳毆在教主的臉上，但教主卻紋風不動。

「你到底在搞甚麼！」隊長怒吼道。

本來木無表情的教主，眼眸突然閃回他本身的眼神，只見他凝著淚，對著隊長輕聲說了一句：「我愛你們……」然後便提起雙劍，手起刀落。

然後，教主又換回那陌生的眼神，望向趕不及來救隊長的眾人，然後閒庭信步地走入他們的包圍之中，一陣血光閃爍，記者、店長、老虎、教練紛紛倒下。

黑仔、老師及武器大師雖然仍勉強地站立著，但都已經身中多刀，有如風中殘燭一般。異人見狀亦無法再理會甚麼中立，心中燃起一股無法言喻的焦熱，他握著拳，理智全失地衝向教主，卻被對方輕巧一撥一刺，與其他人一同倒在地上。

「明明……都已經改變了這麼多次可能性……怎麼還會這樣？」吉祥物眼神逐漸散渙，他無力地望著夜空，彷彿要被吸進那無盡的深淵一般：「這就是……天命不可違嗎？」

「不。」記者那不尋常地堅定的聲音，還有從他身上發出的不祥的警號聲，將吉祥物那即將消散的意識又再拉了回來，他望向記者，只見他正在掙扎著向自己爬來，同時嘴巴正張張合合，似在訴説著甚麼，但因為失血過多，吉祥物的雙耳都被刺耳的耳鳴籠罩著，直到記者爬到他身上，扶著他的頭，在他耳邊説道：「去吧……用我的力量去打開最後的那扇門……」

「你的力量？」吉祥物迷糊迷糊地問道：「那……你會怎樣？」

記者淺淺地笑了笑道：「你不會記得的，何況我本來也沒有存在感……」

吉祥物仍未搞清楚狀況，記者便握著他的手，在身前打開了一度閃耀著璀璨橙金光芒的門，然後將吉祥物推向門裡。

此時，教主剛收拾完其餘眾人，便被那警示音及金光吸引，望了過來，雙目一瞪，急得直殺過來，想一劍刺向記者，卻沒等他刺來，記者的身體已漸漸化為虀粉，散向空中，他在完全消失前，再用力地推了吉祥物一把，並用最後的力氣笑說道：「我……無悔……路……漫長……也靜候……」

然後，吉祥物便墮入了金光之中，在再望了門外一眼，只見除了被門的金光吹飛的教主，其餘所有隊友都身染鮮血，倒臥在地後，吉祥物便眼前一黑。

微光驅散了無止境的黑暗，亦喚醒了吉祥物。

只是他仍然疲憊得無力睜開雙眼，但他感覺到自己不再躺臥在堅硬的地上，而是被一種熟悉的柔軟承托及覆蓋著，是床和被。

然後，他聽到了一把熟悉的聲音，柔聲說道：「他應該沒大礙了，只是還不知何時會醒……」

是教主的聲音。

吉祥物嚇得馬上睜大了眼，望向聲音來源，果然是教主，卻不是剛才那個冰冷血腥的教主，而是他所熟悉的教主，穿著一件白色長袍，架著一副眼鏡，脖子上掛著聽診器。

「啊，一說就醒來了。」教主發現吉祥物的神色相當驚恐，便問：「你怎麼這麼害怕？是遇到甚麼事了嗎？」

「讓我來吧。」一把既熟悉又陌生的聲音從教主身後傳來。

是吉祥物自己。

是另一個吉祥物。

兩個吉祥物四目交投，感覺怪異得無以言喻。

「你……是誰？」躺在床上的吉祥物問道。

「那是我的問題，你是誰？」站著的吉祥物反問。

匯聚光芒，燃點夢想！

《鏡神傳説 1 — 吸血鬼教主》

系列 ： 小説

作者 ： 米路

出版人 ： Raymond

責任編輯 ： 林日風

封面插圖 ： Man Tsang

封面設計 ： Say²eah

內文設計 ： Say²eah

出版 ： 火柴頭工作室有限公司 Match Media Ltd.

電郵 ： info @ matchmediahk.com

發行 ： 泛華發行代理有限公司
九龍將軍澳工業邨駿昌街 7 號 2 樓

承印 ： 新藝域印刷製作有限公司
香港柴灣吉勝街 45 號勝景工業大廈 4 字樓 A 室

出版日期 ： 2023 年 7 月初版

定價 ： HK$108

國際書號 ： 978-988-76942-1-2

建議上架 ： 潮流文化、小説